宮澤賢治の「序」を読む

宮澤賢治の「序」を読む

淺沼圭司

水声社

Eine Phantasie im Abend

目次

はじめに

小学四、五年生のころだったと思う、禁をおかして父の本箱をあさっていたとき、表紙の冬景色をえがいた絵と、風変わりな題名にひかれて、なにげなく手にとってみたのが、『イーハトヴ童話　注文の多い料理店』だった。漢字にはすべて平仮名《るび》がふってあったし、文章もやさしく語りかけるような口調で書かれていて、小学生のわたくしにもわかりやすかったので、なんとなくおわりまで読んでしまった。もっとも、そのときどんな印象をいだいたのか、いまはさだかでないが、「赤いしやつぽのカンカラカンのカアン」[1]とか、「ドツテテドツテテ、ドツテテド、でんしんばしらのぐんたいは／はやさせかいにたぐひなし」[2]とか、「ぎんがぎがの／すすきの底《そこ》でそつこりと／咲《さ》ぐうめばぢの／愛《え》どしおえどし」[3]などという「声」が、しばらくのあいだ耳についてはなれなかったことだけは、はっきり記憶している——いまでも、これらの「声」がなんとなく聞こえてくることがときにある。わたくしがいつも話し、聞いているのとおなじようなひびきをもつ「声」が、一冊の「本」から聞こえてくることにおどろき、そしてなんとなくうれしくなったような気もしている。わたくしのはじめての賢治体験は、いわばこれらの「声」の体験だった。

小学校を終えて進学した中学校（旧制）が、たまたま宮澤賢治のまなんだ学校だった。かれの「後輩」であることにひそかな誇りを感じ、父の本箱から、べつの賢治の本——おそらく『十文字屋版全集』の何冊か——を引っぱりだして、ひろい読みなどしてみたが、それだけのことだった。太平洋戦争のさなかということもあり、ならうべき先輩として教師がひきあいにだすのは、おおむね陸海軍の将官だったし、「学徒動員」という名の強制労働で酷使され、ひたすら空腹におびえるなかで、級友と賢治について話すような雰囲気はまったくなかった。そして敗戦のもたらした混乱がつづくなかで、あの「声」が聞こえることもなくなっていた。

賢治をあらためて意識するようになったのは、大学に進学し、専攻として美学をえらんだころからだったと思う。かれの「農民芸術論」は、たしかにひとつの「美学」ととらえることができそうだったし、あの難解な「春と修羅」なども、美学の観点からすれば、理解可能になるのでは、そんなことを、さしたる根拠もなしに考え、いくつかのテーマらしいものを、ぼんやりと思いうかべるなどしていたが、美学についても、賢治についても、ほとんどなにも知らない素人の思いつきにすぎなかったせいだろう、その後は「専門」にかかわる仕事、あるいは教師としての仕事やそれに付随する雑事などがつづくなかで、「専門」と関係のない問題に時間をさく余裕もなく、いつとなく忘れてしまっていた。

そんななかで、あることがきっかけになって、賢治の問題に、否応なしに直面することになってしまった。かつて同僚だった数人のひとびとと、年に四、五回の割合で、ちいさな研究会をひらいているのだが、毎回ひとりが、それぞれの研究領域から自由に選んだテーマで報告するきまりになっている。報告と質疑応答がかたどおりすんだあとで、ワインを飲みながら雑談を楽しむのだが、その方が論議に熱がはいることがおおいかもしれない。その研究会のメンバーから、あるとき、次回は宮澤賢治について報告してもらいたいという、思いがけない注文があった。ワインでほろ酔い気分のなかで、定年で退職したら、のんびり賢治について考えてみたい、などと口走ったことがたしかにあったし、そのうえ、同郷で、中学の先輩でもある賢治にたいする、特別の想いなども――あるかどうかはべつにして――、語ってしまったような気もするから、そのむくいというしかなかった。こうして、賢治について、なにかを語らざるをえないはめになったのだが、語るにたるものはなにもなかった。

とりあえず、賢治にかかわる言説のいまの状況でも垣間みられればと、ネットで簡単な検索をこころみてみたが、関連する発言のおおいこと、その多種多様さにはおどろくしかなかった。また「宮沢賢治学会イーハトーブセンター」が発行する「宮沢賢治研究 Annual」の各号に掲載されている「ビブリオグラフィー」は、きわめておおくの論説が、専門的な研究者やいろいろな領域の研究者だけではなく、ある意味では市井の研究者とでもいうべき、さまざまなひとびとによって発表されていることをしめしていた。わたくしが以前になんとなく思いついていたいくつかのテーマは、なんらかのかたちで、ほぼすべて論じられており、賢治に関する専門的な知見をもたないいまのわたくしには、オリジナルな賢治論を展開する余地はもはやないというしかなかった。

それでもなお賢治について語ろうとするなら、まずは「銀河鉄道の夜」「風の又三郎」あるいは「グスコーブドリの伝記」などの「童話」をとりあげるべきかもしれない。というのも、おおくのひとびとがいだく賢治のイメージは、その「童話」をとおして作られているだろうし、さらに、寺田透のように、賢治の独自性ないし価値は、詩にではなく「童話」にこそあるとする見かたも、けっしてすくなくはないのだから――寺田は、「銀河鉄道の夜」に言及したあと、「かれの童話を読んだあとでその詩について語るのは一種の冒涜だとさえ感じられる」とまで極言している。(4) しかしその「童話」のひろくそしてゆたかな世界にあらためてはいりこむだけの気力を、いまのわたくしはもはやもたない。といって『春と修羅』を中心にしたかれの詩の、ことばとイメージのカオス的とでもいうべき戯れを読み解くための知力も、いまのわたくしはすでに失っている。わたくしにできるのは、おさないころから、かすかにたもちつづけられている、ごく私的な賢治体験を語ることぐらいだが、しかしそれでは「研究会」での報告にはあたいしないだろう。あれこれ模索したあげくに、窮余の策として思いついたのが、『春と修羅』『春と修羅　第二集』そして『注文の多い料理店』につけられた「序」――みっつのみじかい、それぞれが特有のかたちをもった文章――を経《たていと》として、そこにわたくしごとという緯《よこいと》を織りこみ、ともかくもまとまったテクストを作る（織る）ことだった。これらみっつのみじかい文章だったら、いまのわたくしにも、ともかく読み解けるだろう、そう考えたのだったが、あまりにも楽観的にすぎたようだ。

「序」は、「本文」（le texte）のまえに（pré）おかれ、「本文」がこのように書かれていることへの「釈明」（le prétexte）としてはたらくといえるのだが、その意味的な実質あるいは内実は、あとから「本文」によってあたえられる。「序」は、だから、そのものとしてではなく、つねに「本文」との照合において読まれなければならない――いまさららしく述べるまでもない、当然のことだった。みっつの「序」を読むことは、結局はそれぞれの本文を読むことにほかならなかった。しかし、与えられた時間のなかで、そのことをおこなうのは、わたくしにはまったく不可能なことだった。可能なのは、「序」のことばを、はじめからおわりまで、できるだけ克明にたどることとぐらいしかなかった。そしてなんとかことばをたどったあげくにあらわれたのは、たそがれのなかの幻影――"Eine Phantasie im Abend"(5)――のごときものにすぎなかった。

＊

「研究」であれば、先行研究の参照は必須といってよいだろうが、この書物の意図あるいはありかたにしたがって、一、二の例外をのぞけば、参照することをあえてしなかった。作品の引用は、ほぼすべて『校本宮澤賢治全集』（全十四巻、筑摩書房、一九七三〜一九七七年）——以下『校本全集』と略記——によっている。なおこの『全集』を改訂した『新校本宮澤賢治全集』（全十六巻、別巻一、筑摩書房、一九九五〜二〇〇九年）が刊行されており、通常の「研究」であれば、それによるべきだろうが、これまで手もとにおいて親しんできた『校本全集』は、いまのわたくしの賢治像ないし賢治体験といわば不可分の関係にあるので、それによることにした。なお促音の「つ」の表記法などをふくめ、引用はすべて『校本全集』により、わたくしの観点から表記を統一することはしなかった。

　専門的な用語の使用はできるだけ避けたが、必要と思われる場合には、「註」でごく簡単な説明をくわえておいた。詩集や童話集は『〜』であらわし、それに含まれる、あるいは単発の詩や童話などは「〜」でしめす。本文の事項についての、やや詳細な説明は、記述上の都合から、本文のあとに「補説」としてしめす。人名には生没年を、必要な場合には原綴を、作品名には発表年をしるす――人名、作品名がアルファベット表記の場合には、生没年や制作年はアラビア数字で表記する。西暦年はアラビア数字を漢数字におきかえて表記するが――なお頁数の表記もこれに準じる――、それ以外の数は、単位をあらわす漢字とともに漢数字で表記する。なお引用文中の〔……〕は、引用者による省略を、「／」は行かえをしめす。また文中の〔〜〕は補足の語をしめす。

みっつの「序」は、対応するそれぞれの章の冒頭にその全文をあげ、そのあと、いくつかに分割して引用し、そのことばをたどってゆくが、分割のしかたあるいは記述のしかたは、「序」それぞれのありかたによって、ことなったものとなる。

Ⅰ　『春と修羅』の「序」

わたくしといふ現象は
仮定された有機交流電燈の
ひとつの青い照明です
（あらゆる透明な幽霊の複合体）
風景やみんなといつしよに
せはしくせはしく明滅しながら
いかにもたしかにともりつづける
因果交流電燈の
ひとつの青い照明です

（ひかりはたもち　その電燈は失はれ）

これらは二十二箇月の
過去とかんずる方角から
紙と鉱質インクをつらね
（すべてわたくしと明滅し
　みんなが同時に感ずるもの）
ここまでたもちつゞけられた
かげとひかりのひとくさりづつ
そのとほりの心象スケッチです

これらについて人や銀河や修羅や海胆は
宇宙塵をたべ　または空気や塩水を呼吸しながら
それぞれ新鮮な本体論もかんがへませうが
それらも畢竟こゝろのひとつの風物です
たゞたしかに記録されたこれらのけしきは

記録されたそのとほりのこのけしきで
それが虚無ならば虚無自身がこのとほりで
ある程度まではみんなに共通いたします
（すべてがわたくしの中のみんなであるやうに
　みんなのおのおののなかのすべてですから）

けれどもこれら新世代沖積世の
巨大に明るい時間の集積のなかで
正しくうつされた筈のこれらのことばが
わづかその一点にも均しい明暗のうちに
　（あるひは修羅の十億年）
すでにはやくもその組立や質を変じ
しかもわたくしも印刷者も
それを変らないとして感ずることは
傾向としてはあり得ます
けだしわれわれがわれわれの感官や

風景や人物をかんずるやうに
そしてたゞ共通に感ずるだけであるやうに
記録や歴史　あるひは地史といふものも
それのいろいろの論料《データ》といつしよに
（因果の時空的制約のもとに）
われわれがかんじてゐるのに過ぎません
おそらくこれから二千年もたつたころは
それ相当のちがつた地質学が流用され
相当した証拠もまた次次過去から現出し
みんなは二千年ぐらゐ前には
青ぞらいつぱいの無色な孔雀が居たとおもひ
新進の大学士たちは気圏のいちばんの上層
きらびやかな氷窒素のあたりから
すてきな化石を発掘したり
あるひは白亜紀砂岩の層面に
透明な人類の巨大な足跡を

発見するかもしれません

すべてこれらの命題は
心象や時間それ自身の性質として
第四次延長のなかで主張されます

大正十三年一月廿日

宮澤賢治(1)

第一節について

わたくしといふ現象は
仮定された有機交流電燈の
ひとつの青い照明です
(あらゆる透明な幽霊の複合体)

風景やみんなといつしよに
せはしくせはしく明滅しながら
いかにもたしかにともりつづける
因果交流電燈の
ひとつの青い照明です
（ひかりはたもち　その電燈は失はれ）

冒頭の「わたくし」は、「序」末尾の署名――「大正十三年一月廿日　宮澤賢治」――に対応しており、あきらかに宮澤賢治そのひとを、さらにいうなら、『春と修羅』所収の詩を書いた、詩人＝宮澤賢治をさす。もっとも賢治自身は、森佐一あての書簡で、「前に私の自費で出した『春と修羅』も、亦それからあと只今まで書き付けてあるものも、これらはみんな到底詩ではありません」と述べているのだから、自分を詩人とみなしてはいなかったことになる。しかしながら、賢治がここで言っているのは、『春と修羅』などは（あなたが考えているような）詩、おおくのひとが考えているような、いわば通念としての「詩」ではないことだとみることもできるし、またおなじ書簡で「［これらはみんな］ほんの粗硬な心象のスケッチでしかありません」とも述べてもいるのだから、『春と修羅』を、なお未成熟ではあるが、それまでの枠組を脱した、あたらしい「詩」のこころみととらえていた――あるいはそう自負していた――と推測することも可能だろう。のちに発表された「農民芸術概論綱要」には「語まことの表現あれば散文をなし節奏あれば詩歌となる」とあり、また「職業芸術家は一度亡びねばならぬ」と主張されており(3)、そのことと関連させていうなら、『春と修羅』はまったくあたらしい「詩歌」のこころみというべきかもしれない。しかしこの問題の解明には、「心象スケッチ」そのものの検討が不可欠であり、ここではたちいらずにおく。

「わたくし」につづく連語の「といふ」は、「同格を表して上の語を強める」はたらきをもつとみられるから(『新潮国語辞典　第二版』新潮社、一九九五年)、「わたくしといふ現象」は、「わたくし」が「現象」であることの、さらにいうなら、「現象」以外のなにものでもないことの確認ないし表明とみることができ、そこからは「現象」である「わたくし」の肯定と、そのようなものとして「わたくし」を認識してほしいという、つよい要請が感じられるのではないだろうか。この「わたくし」が「詩人」であることは、さきに述べたとおりだが、その「わたくし」を「現象」として規定し、しかもそのことを強調するのは、「詩人」であることと「現象」とのあいだに、なんらかの、おそらくは必然的な関係があることをほのめかしているともいえるだろう。それでは、そのような「現象」とは、いったいどのような意味をもつことばなのだろうか。

「現象」ということばを、賢治がどのような意味でとらえていたのか、そのことについては、これまでさまざまな解釈がなされているようだ。たとえば、カント的な意味でとらえようとする解釈、あるいは大乗仏教との関連を重視する解釈、さらには現象学と関係づけるものなど。しかし、「序」の第一節は、全体として「わたくしといふ現象」について述べたものということができ、ある意味では、わたくし（賢治自身）による「現象」の規定のこころみとみることもできるだろうから、ここでは、さしあたってこの語を、ごく一般的な——ニュートラルな、あるいは辞書的な——意味でとらえ、そのうえで「序」そのものの語の連関が、その意味をどのように規定しているのかを読みとってみたい。

手もとにある辞書（『日本国語大辞典　第二版　第五巻』小学館、二〇〇一年）は、「現象」についいて、つぎのように述べている——「現象。①直接、知覚することのできる、自然界、人間界のできごと。またそのありさま。②哲学で、時間、空間のなかに現れる対象。本体や物自体に対していう」。この辞典は、①と②の用例として、それぞれ坪内逍遥と西周の文をあげ、そのうえでさらに、この語は「明治時代になって、西周が②に挙例の「利学」などで、西洋の哲学用語 **phenomenon** の訳語としてもちい、それが「哲学字彙」に採用されてから一般化したと思われる」と述べている。なお『利学』（一八七七年）は、J・S・ミルの『功利論』（John Stuart Mill: *Utilitarianism*, 1863）の漢文訳であり、『哲学字彙』は、井上哲次郎他の編著で、一八八一年に刊行されている（第三版は一九一二年刊）。

賢治はかずおおくの書簡をのこしているが、そのなかでもっともよく知られているもののひとつに、岩波茂雄あての書簡がある。(4) いろいろな点で興味ある書簡だが、ここでの問題にとって重要と思われる箇所を、以下に引用してみよう。

とつぜん手紙などさしあげてまことに失礼ではございますがどうかご一読をねがひます。わたくしは岩手県の農学校の教師をして居りますが六七年前から歴史やその論料、われわれの感ずるそのほかの空間といふやうなことについてどうもおかしな感じやうがしてたまりませんでした。わたくしはさう云ふ方の勉強もせずまた風だの稲だのにとかくまぎれ勝ちでしたから、わたくしはあとで勉強するときの仕度にとそれぞれの心もちをそのとほり科学的に記載して置きました。その一部分をわたくしは柄にもなく昨年の春本にしたのです。心象スケッチ春と修羅とか何とか題して関根といふ店から自費で出しました。〔……〕／わたくしは渇いたやうに勉強したいのです。貪るやうに読みたいのです。もしもあの田舎くさい売れないわたくしの本と、あなたがお出しになる哲学や心理学の立派な著述とを幾冊でもお取換へ下さいますならわたくしの感謝は申しあげられません。わたくしの方は、二、四円の定価ですが一冊八十銭で沢山です。あなたの方のは勿論定価でかまひません。

〔……〕

このなかでとくに注目にあたいするのは、「歴史やその論料、われわれの感ずるそのほかの空間といふやうなこと」について違和感を感じており、その心もちを、あとで勉強するために、科学的に記載したのが『春と修羅』であること、そして哲学や心理学についてもっと勉強したいので、岩波書店から刊行されている関連の書物と『春と修羅』を交換してもらいたいこと、などが述べられていることだろう。この書簡は、それを書いたころの賢治が、『春と修羅』では十分にあきらかにできなかった問題を、哲学や心理学によって、より明確にしたいという意図をもっていたことを、たしかに告げている。いずれにしても、賢治が哲学や心理学に関心をもっていたこと、その知識が不十分であると感じていたことは、たしかではないだろうか。逆にいえば、かれは、哲学用語としての「現象」について、当時の一般的な哲学史ないし哲学入門書などによって、相応の知識ないし理解をもっていたといえるのではないだろうか——このことは、賢治の蔵書目録や当時の関連する文献目録などによって、ある程度実証できると思われるが、それはここでの問題ではない。

以上のことを前提にしてさらに推測をかさねれば、哲学用語としての「現象」の、おそらく賢治自身が知っていただろう意味は、つぎのようなものではなかっただろうか。現象＝phenomenon（語源はギリシヤ語の"φαινόμενον"［phainomenon］）、おそらくは、そのものとして存在するもの――理念的な実体、プラトン的な「イデア」（ιδέα［idea］）あるいはカント的な「物自体」（Ding an sich）など――の対極として想定される、意識にたいして、そのときどきにあらわれる（現れる）かたち（象）。ところでこの場合の「かたち」は、視覚や聴覚によってとらえられるのだから、現象にかかわる意識は、理性（λόγος［logos］）ではなく、感性（αἴσθησις［aisthesis］）でなければならないだろう。このことはまた、「現象」が、多様なありかたをする主観（感性）によって、それぞれのしかたで、そのときかぎりのものとして構成されることを意味するだろう。[5] そうだとすれば、ここでの「わたくし」は、恒常的に存在するもの――実体ないし本体――なのではなく、無数のひとびとの意識にたいして、それぞれのしかたで、そのときどきにあらわれるもの、あるいはむしろ、無数のひとびとの意識によって、それぞれのしかたで、そのときどきに構成されるものということになる。

感性的な意識にたいしてあらわれる、実体（本体）から切りはなされ、実体との具体的なかかわりを否定されたもの、ひたすらに感性的であるもの、「現象」とは、だから「イメージ」（εἴδωλον［eidolon］）にほかならないといえるのだが、「序」そのもののなかで、「現象」がすぐに「（あらゆる透明な幽霊の複合体）」と言いなおされていることからみて、先行するなにものかによってささえられ、あるいはそれとなんらかの、おそらくは類似的な関係にあるイメージ――「エイコン」（εἰκών［eikon］）――なのではなく、それ以外のものといささかもかかわることのない——そのむこうにも、また手前にも、なにものももつことのない——、ひたすらにイメージでしかないもの——「パンタスマ」（φάντασμα［phantasma］）——にほかならないとみるべきだろう。[6] なぜなら「幽霊」（phantom）とは、まさしく「パンタスマ」そのものにほかならないのだから。[7]

「有機交流電燈」——この場合の「交流」が、「一定時間ごとに交互に逆向きにながれる電流」（『広辞苑　第四版』）、いわゆる"AC"（alternating current）をさすことはあきらかだが、いくぶんかひろい意味で、ある「流れ」の方向のたえざる変化、あるいは「流れ」の極性——たとえばプラス極とマイナス極、水源と河口など——の変化ないし交替ととらえることもできるだろう。極性の変化ないし交替の速度がはやい場合、それは、もはや流れというよりは、むしろ振動（vibration）というべきかもしれない。

「交流電燈」の「照明」（ひかり）は、極性の交替にともなって、一秒間に五十回あるいは六十回のわりあいで明滅するのだが、その明滅は、しかし通常の（日常的な）意識でとらえることはできない。このことは、この「照明」を「せはしくせはしく明滅」するものとしてとらえる意識が、通常の（日常的な）枠組のなかにはないことを意味するだろうし、そのことはまた「照明」が「パンタスマ」に通じることを示唆しているのではないだろうか。ところで「有機」とは「生活機能、生活力を有していること」（『新潮国語辞典』）であり、もっともひろい意味での「いのち（生命）」とかかわるといえるのだから、「有機交流電燈」とは、生命のふたつの極性――誕生（過去）と死（未来）――のたえざる交替による流れの変化を、過去（起源）から現在をへて未来（はて）へむかう流れと、それとは逆の、未来（はて）から現在をへて過去（起源）へと遡行する流れの、たえざる交替ないしは循環を意味するのではないだろうか。そして、そのような生命の流れ――いのちのたえざる循環――の、「いま、ここ」におけるありかた、あるいはその意識にたいするあらわれ――「現象」――が、明滅する「青い照明」なのかもしれない。

「因果交流電燈」――「因（原因）」と「果（結果）」は、ことばのもっともひろい意味での「できごと」の極性といえるだろうが、それもまた、そのものとして固定されているのではなく、相互に交替しあい、無限の循環のなかにあるのだろうか。かりにそうだとすれば、「因」から「果」への一方的、必然的ながれとしての「因果応報」は、もはやありえないことになるだろう。「因」とは、現在を規定する過去であるとともに、未来を規定する現在でもあるだろうし、「果」もまた、過去によって規定される現在であるとともに、現在によって規定される未来でもあるだろうから、「青い照明」は、「因果応報」の関係（流れ）のそとにあって、「せはしくせはしく明滅」するしかないのかもしれない。その「明滅」は、おそらく、現前と不在の瞬時の交替であり、というよりはむしろ、現前しつつ不在であり、不在でありつつ現前することなのだろう。だから、語られるべきは、「因果」なのではなく、むしろ一瞬の「転生」なのではないだろうか。そして「青い照明」が「いかにもたしかにともりつづける」もの——そのように「仮定された」（信憑されたもの——であるのなら、そしてそれが「わたくし＝現象」であるとするなら——ひとの「生」そのものであるとするなら——、ひとは、一瞬のあいだの「転生」を、しかも永劫にわたってくりかえすしかないのかもしれない——ひとは、おそらく、永劫にわたって「輪廻転生」をまぬがれることはできないのだろう。

「交流」とは、さきに述べたように、あるながれの方位の交替にほかならないのだが、その交替が一瞬のものだとすれば、それは、ある意味では、相反する方位のながれ——相互に逆行するながれ——の共存という現象としてとらえられるかもしれない。たとえばつぎのような詩句

〔……〕
わたくしの汽車は北へ走つてゐるはづなのに
ここではみなみへかけてゐる
〔……〕
汽車の逆行は希求《ききう》の同時な相反性

こんなさびしい幻想から
わたくしははやく浮びあがらなければならない
〔……〕
とし子はみんなが死ぬとなづける
そのやりかたを通つて行き
それからさきどこへ行つたかわからない
それはおれたちの空間の方向ではかられない
感ぜられない方向を感じやうとするときは
たれだつてみんなぐるぐるする
〔……〕

「青森挽歌」(8)

ここでいう「北」は、「おれたちの空間」――「いま、ここ」の空間――における「北」なのではなく、「よそ」における北であり、「死ぬとなづけるそのやりかたを通つて」いったとし子がたどりゆくだろう方位にほかならず、それにむかう汽車のうごきは、まさに交流する――「ぐるぐるする」――うごきなのだろう。あい反するもの、あい矛盾するものの共存、あるいは、「おれたちの空間」――「いま、ここ」の空間――における、あらゆる差異の消滅、それは賢治の世界の、すくなくともその詩の世界のおおきな特徴なのかもしれない。

「青い照明」——賢治の詩や童話において、色彩語がきわめてゆたかに、そして特徴的にもちいられていること、なかでも「青」あるいは青系統の語が多用されていることは、賢治の読者であればおそらくだれでも気づくことであり、しかもそのことについては、すでにいくつかの論考があるようなので、ここであらためて検討する必要はないだろうし、また、「青」という色彩について、たとえば色彩論や色彩心理学などによって説明することも、おそらく無用だろう。ただ、賢治の場合、「青」がしばしば「透明」「無限」「つめたさ」などといった、あえていうなら、実在的ではなく仮象的な、肯定的ではなく否定的なニュアンスをおびたものとしてもちいられていること——そのように感じられること——は、指摘しておくべきかもしれない。無限に循環する時空の振動のなかで、ひたすらに明滅する光の色は、たしかに「青」でなければならないのだろう。ひとつだけ例をあげてみよう。

〔……〕
くらいびやうぶやかやのなかに
やさしくあをじろく燃えてゐる

わたくしのけなげないもうとよ
〔……〕　　　　「永訣の朝」(9)

この詩には、そのほかにも「青い蓴菜《じゆんさい》のもやう」、「蒼鉛《さうえん》いろの暗い雲」といったことばもみられる。妹とし子(10)（トシ）は、たしかにあの明滅する青い照明のひとつなのだろうし、その「死」がもたらす気分は、これらの色彩にともなわれる気分とかさなるのかもしれない。

「仮定された有機交流電燈」――たしかに照明（ひかり）には「光源」がなければならず、かりに「光源」がそれとして認識できない場合でも、ひかりの認識は、おのずから光源の存在を想定（仮定）することになるだろう。「現象」が、意識にとっては、たしかに唯一の「現実」であるとしても、それはまた意識にたいする「なにものか」のあらわれにほかならないとも考えられ、そのことからいえば、現象はそれに先行する「なにものか」を、それとして認識できないままに、前提――想定ないし仮定――しなければならないことになる。もっとも、ここで仮定されている「有機交流電燈」を、たとえばプラトン的な「イデア」やカント的な「物自体」ととらえることがあやまりであることは、「(ひかりはたもち　その電燈は失はれ)」ということばがしめしているのではないだろうか。なぜなら、「現象」がそれとして「たもちながら」（持続しながら）、その根拠ないし起源であるもの——「イデア」あるいは「物自体」など——が「失はれる」（消滅する）ことは、ありえないはずだから。

むしろここでは、より率直に、「照明」を、意識にたいしてあらわれるもの（現象）と、あるいは現象を現象として認識する意識のありかたととらえ、「電燈」を現象をになうものとして想定（仮定）されるもの、端的にいうなら、現象的な意識をささえるものとしての身体的存在ととらえるべきではないだろうか。自分自身を現象として明確に意識しながらも、もうひとつべつの、ある意味では現象的な意識の根拠として想定（仮定）される身体的存在を、おそらく賢治は無視することができなかったのだろう。かりにそうとらえるなら、「（ひかりはたもち　その電燈は失はれ）」という詩句は、特別のニュアンスをもつものとしてあらわれるだろう——現象＝イメージはそれとしてたもたれ、「しかし」その根拠として想定（仮定）されるもの——現実的、身体的存在——は失われる、あるいは、「たとえ」想定（仮定）されるものは失われたとしても、現象＝イメージはそれとしてたもたれる……。「いま、ここ」（現実的世界）において失われたものの、「よそ」における存在への確信ないし希求を、これらの詩句に読みとることはできないだろうか[11]。

「（あらゆる透明な幽霊の複合体）」——「わたくしといふ現象」を「青い照明」と規定するふた

つの詩句のあいだに、カッコつきで挿入されたこのことばは、わたくしを他のあらゆる現象の複合体であるということによって、わたくしに関する記述が、他のあらゆる現象に妥当することを、ひそかに述べたものとみることができるのではないだろうか。そして、この「青い照明」は、「風景やみんなといつしよに／せはしくせはしく明滅しながら／いかにもたしかにともりつづける」ものなのだから、おなじようにカッコにいれられた詩句――「(ひかりはたもち　その電燈は失はれ)」――は、わたくし＝賢治に関する記述であるとともに、他者にもかかわる記述とることもできるだろう――カッコにいれられたふたつのことばは、他者とわたくしの自由な交流を、「序」第一節の、ある意味では潜在的な主題あるいは気分として、ひびかせているのかもしれない。というより、さきに引用した詩句――「風景やみんなといつしよに〔……〕いかにもたしかにともりつづける」――のもつ、ある種内密な（intime）ニュアンスないし気分は、ここで想定（仮定）される他者が、他者一般といったものではなく、賢治にとってしたしい（intime）、ある意味ではかれとほぼ一体と化した他者＝現象にほかならないとみることも、けっして不可能ではないだろう。そして、『春と修羅』のなかに、妹とし子の死（一九二二（大正十一）年十一月二十七日）をめぐる詩――「永訣の朝」「松の針」「無声慟哭」「風林」「白い鳥」――が[12]、そして一九二三（大正十二）年七月三十一日から八月十二日にかけての樺太旅行のなかで生まれたただろう「心象」を記した五編の詩[13]――「青森挽歌」「オホーツク挽歌」「樺太鉄道」「鈴谷平原」そして「噴火湾」――がふくまれていることを考えるべきではないだろうか。身体的存在としてのとし子の消滅（死）にもかかわらず、「現象」としてのとし子が、かれのなかでなお「いかにもたしかにともりつづける」ことを、あるいはそうあって欲しいというはげしい希求を、これらの詩句に読みとるのは、けっして不可能なことではない。なお樺太への旅は、花巻農学校のふたりの生徒の就職に関連した、いわば校務（公務）としてのものだったとしても、それが「トシとの交信を求める傷心旅行[14]」だったこと、「照明」（現象）としてのとし子の不滅を信じようとし、あるいはそれとの出逢いを期待してのものだったことは、おそらくたしかだろう。

＊

ところで、「はじめに」でも述べたように、「序」というものは、一般に本文のまえにおかれ、「本文」がこのように書かれていることにたいする「口実」を述べるものといえるのだが、それはまた「本文」によってささえられ、内実をあたえられるとも考えられる。べつにいうなら、「序」は、ある意味では、本文を読み解くための手がかりにすぎないのだが、本文とのひびきあい（照応関係）のなかで、ある充実したすがたをあらわしもするのではないだろうか――極端ないいかたをすれば、「本文」を「序」として「序」を読むことの、あるいは「序」と「本文」の交流の可能性について、考えるべきかもしれない。そしてこのことは、『春と修羅』とその「序」についてもいえるのではないだろうか。そのような観点から、すこしばかり本文に、とくにとし子の死にかかわるいくつかの詩に目をむけてみよう。

〔……〕
あいつはこんなさびしい停車場を
たつたひとりで通つていつたらうか
どこへ行くともわからないその方向を
どの種類の世界へはいるともしれないそのみちを
たつたひとりでさびしくあるいて行つたらうか
〔……〕

「青森挽歌⑮」

〔……〕
わびしい草穂やひかりのもや
緑青《ろくせう》は水平線までうららかに延び
雲の累帯構造のつぎ目から

一きれのぞく天の青
強くもわたくしの胸は刺されてゐる
それらの二つの青いいろは
どちらもとし子のもつてゐた特性だ
わたくしが樺太のひとのない海岸を
ひとり歩いたり疲れて睡つたりしてゐるとき
とし子はあの青いところのはてにゐて
なにをしてゐるのかわからない
〔……〕

〔……〕
駒ケ岳駒ケ岳
暗い金属の雲をかぶつて立つてゐる
そのまつくらな雲のなかに
とし子がかくされてゐるかもしれない
ああ何べん理智が教へても

「オホーツク挽歌(16)」

私のさびしさはなほらない
わたくしの感じないちがつた空間に
いままでここにあつた現象がうつる
それはあんまりさびしいことだ
　（そのさびしいものを死といふのだ）
たとへそのちがつたきらびやかな空間で
とし子がしづかにわらはうと
わたくしのかなしみにいぢけた感情は
どうしてもどこかにかくされたとし子をおもふ

「噴火湾（ノクターン）[17]」

気ままに選ばれたこれらいくつかの詩句だけからも、樺太への旅が、じつはたんなる「傷心の旅」といったものではなくて、もっとはげしい、「青い照明」との、とし子という「現象」との、さらにいうなら、「ここ」では不在であるにしても、どこか「よそ」にはたしかなものとして現前するだろうとし子との、つまりはとし子のイメージとの直接の出会いを、そのイメージの現前化をもとめての旅であることはあきらかだろう。「北」への旅、それは、事実上は――「おれたちの空間」においては――、たしかに樺太への旅にほかならないのだが、しかしそれは、とし子のイメージとの遭遇を求めての、いわば「同時的な相反性」における旅であり、そこでの「北」とは、「おれたちの空間」においてはどこにもありえない、つまりは「よそ」にほかならない。だから、事実上は「北」にむかいながら、しかしとし子のイメージからはむしろ遠ざかるような焦燥感を抱いたのかもしれない（↓補説1）。

〔……〕
（おゝ《オー》おまへ《ヅウ》　せわしい《アイリーガー》みちづれよ《ゲゼルレ》
どうか《アイレ》ここ《ドッホ》から急《ニヒト》いで《フォン》去らない《デヤ》でくれ《ステルレ》
〔……〕

「青森挽歌[18]」

ということばは、北にむかうにつれてむしろ遠ざかりゆく、ひたすらに「よそ」に去りゆくとし子のイメージへの、痛切な呼びかけともとれるだろう。

片仮名のルビでしめされたドイツ語、"Oh du, eiliger Geselle, / Eile doch nicht von der Stelle" の出典については、すでに大塚常樹が、あるドイツ語の教科書に掲載されていた、作者不明の "Des Wassers Rundreise" であることをあきらかにしている。[19] 賢治は、おそらく盛岡高等農林学校でこの教科書を使用し、この詩句を記憶していたのではないだろうか。花から波への呼びかけという記述のありかたと、"Des Wassers Rundreise"（「水のへめぐり〔回遊〕の旅」）という題名をもつこの詩は、たしかにこの詩句をふくむ「青森挽歌」全体の内容とも密接にかかわっているとみることもできるが、ここではむしろ、賢治の意識下の世界に、音＝感性的性質として潜在していたこのドイツ語の詩が、北にむかう歩みのリズムに誘発されるように、ひとつのイメージとして、あるいは「内的な声」(la voix intérieure) としてすがたをあらわし、その声（音）をそのまま――ドイツ語の音そのものとして――書きとめ、その意味をあらためて確認するように、日本語として書きあらわしたのだ、そう考えてみたい。

樺太への旅をおえた賢治は、青森から汽車で盛岡に帰着したつぎの日（八月十二日）、盛岡から花巻まで、徒歩で帰ったという。(20)あるいは、「北」への旅がもたらしたはげしい感情の動きをしずめるために、あるいはまた、いりみだれるイメージのとめどもない湧出をおさえるために、一歩一歩、花巻への道を歩もうとしたのだろうか。盛岡から花巻にむかう一本の道、東に北上山地を、西に奥羽山脈を望む道は、賢治にとってなじみぶかい、歩きなれたものだったのだろう。おそらくはあまり人けのないひと筋の道を、ひたすら歩行のリズムに身をゆだねながら、賢治は歩いていったのではないだろうか。その規則的なリズムと、日常から脱した感覚に映る周囲の、おそらくはかれにとってしたしい光景が、かれの内面の波だちをいくぶんかしずめただろうことは、十分に推測できるし、そのことの反映を、かれが樺太旅行のあとに書いた最初の詩「不貪欲戒」（八月二十八日）にみることもできるのではないだろうか――もちろん直接的な反映ではなく、むしろ気分的な共鳴（die Einstimmung）――。

油紙を着てぬれた馬に乗り
つめたい風景のなか　暗い森のかげや
ゆるやかな環状削剥《くわんじやうせうはく》の丘　赤い萱の穂のあひだを
ゆつくりあるくといふこともいゝし
黒い多面角の洋傘《かうもりがさ》をひろげ
砂《すな》砂《さ》糖を買ひに町へ出ることも
ごく新鮮な企画である
　（ちらけろちらけろ　四十雀）
粗剛なオリザサチバといふ植物の人工群落が
タアナアさへもほしがりさうな
上等のさらどの色になつてゐることは
慈雲尊者《じうんそんじや》にしたがへば

不貪慾戒《ふとんよくかい》のすがたです
（ちらけろちらけろ　四十雀《しじふから》
そのときの高等遊民は
いましつかりした執政官だ）
ことことと寂しさを噴く暗い山に
防火線のひらめく灰色なども
慈雲尊者にしたがへば
不貪慾戒のすがたです

「不貪欲戒[21]」

「不貪慾戒《ふとんよくかい》」——十善戒（大乗戒、菩薩戒）のひとつ、みずから足るを知り、貪らないといういましめ。なお慈雲（一七一八～一八〇五）には『十善法語』（一七七五年）という著作がある。「オリザサチバ」——〝oryza sativa〟、稲、アジア種栽培稲。「タアナア」——おそらく画家のターナー（Joseph Wallord William Turner, 1775-1851）。「さらどの色」——「さらど」↓「サラダ」↓「グリーン・サラダ」↓「緑色」とする解釈がおおいようだが、ここでは、補説に述べるような理由によって、あえて黄みがかった茶色——いわゆる「萓草色《かんぞういろ》」——とみておく（↓補説２）。

この詩のもつイメージの連綿としたつらなり、現在と過去、こことよそ、あるいは知覚と記憶のあいだではげしく振動する意識（イメージ）のうごき、そして全体をつらぬく独特の律動は、あるいはこのときの歩行のありかたを反映しているのだろうか。そうではなく、この詩に特有の律動とイメージの連綿としたつらなりが——それは、賢治の詩全般に共通してみられるものともいえるのだが——、盛岡から花巻への道をたどる賢治のあゆみを、わたくしに連想させたのかもしれない。

ついでにいえば、たとえば「散歩」のように、現実的な欲求ないし制約から解放された、ある意味では自律した歩行——健康目的のいわゆる「ウォーキング」などとは異質の歩行——の場合には、意識はあきらかに現実的な状況のそとにあり、また物理的、因果的な枠組からも自立して、純粋な感性に還元され——「現象」と化し——、自由に浮遊するのではないだろうか。外界は、そのとき、感性的に還元されてイメージと化し——「風景」（landscape）と「音景」（soundscape）の集合と化し——、意識は、論理（ロゴス）の制約ないし規制（検閲）をのがれて、現在と過去、こことよそ、あるいは知覚と想像ないし思考のあいだを、自由自在に往き来するだろう。あるいは、ルソー（Jean-Jacques Rousseau, 1712-1778）の『孤独な散歩者の夢想』（*Les rêveries d'un promeneur solitaire*, 1778）がいうように、散歩は、ひとを周囲の世界から孤立させ、ひたすらに夢想にふけらせるのかもしれない。賢治の詩のなかには、その律動とゆたかなイメージの戯れのゆえに、このような「歩行」のありかたを感じさせるものがあるように思う。そして、その典型的なものとして、たとえば「小岩井農場[22]」をあげることができるのではないだろうか。この詩は、たしかに、盛岡駅から橋場線（現田沢湖線）で小岩井駅にいたり、駅から「農場入り口」「農場本部」をへて「育馬部」「農耕部」へとつづく道をたどる歩みを、そのままなぞっているかのようだ——中学生のころ、友人となんどか小岩井農場にあそびにいったことがあるが、そのときにたどった道すじが、この詩がしめすそれとほぼおなじだったことを思い出す。

*

さきに「交流電燈」を、「現象」（意識）に先行し、それをささえるものとして想定（仮定）された「なにものか」としてとらえた。それは、「ひとつの青い照明」——わたくし＝個という「現象」——の場合には、「身体的存在」であり、わたくし＝個という「現象」を包摂する全体——「(あらゆる透明な幽霊の複合体)」——の場合にも、その前提ないしは基層として想定（仮定）された、複合的、総体的な「なにものか」ではないかと考えた。そして、もともと極性の変化ないし交替によって生じる、なんらかのながれの逆行ないし振動を意味する「交流」は、ここでは——「序」ないし賢治の場合には——、個別的と総体的とをとわず、あらゆる「現象」の基本的、根本的な極性——「誕生と死」「過去と未来」あるいは「原因と結果」など——の、変化ないし交替に起因する、「ながれ」の逆行または「秩序」の振動としてイメージされているのではないかと考えた。とすればここでいう極性の交替は、個別的であれ総体的であれ、あらゆる存在をひとつの構造体として成立させている、差異的な関係が消滅することを意味するのではないだろうか。

賢治の場合、その作品、とくにおおくの童話がしめすように――「序」の場合でいえば、たとえば「あらゆる透明な幽霊の複合体」、あるいは「風景やみんなといつしよに」、さらにはおなじレヴェルで並存する「人や銀河や修羅や海胆」（第三節）などの詩句が暗示しているように――、個と全体、ひとと生きもの、ひととともの、あるいは生命体と無機物などの差異は、もともと存在しないのだから、ここでいう存在は、個体であり、世界であり、銀河系宇宙であり、さらには銀河系をそのなかに包摂する大宇宙でさえあるのだろう。このように考えれば、「交流（極性の交替）」は、個体や世界や宇宙の脱構築ということも可能であり、あるいはむしろコスモスのカオスへの転換にほかならないというべきかもしれない。もっともこの場合のカオスは、たんなる混沌や無秩序なのではなく、おそらくは世界や宇宙（コスモス）の起源ないし根源としてのカオス――あえていうなら「天地創造」以前の混沌にも比すべきもの――であり、あるいは時間的、空間的そして因果論的な秩序を超越した「なにものか」であり、あるいはまた、時間的な秩序の否定として、生成と消滅の絶対的な循環ないし振動――「永劫の回帰」（Die ewige Wiederkehrung）

——にほかならないのかもしれない。

そして「せはしくせはしく明滅しながら／いかにもたしかにともりつづける……ひとつの青い照明」とは、このようなカオス（循環ないし振動）の、時空への、あるいは「いま、ここ」へのあらわれ（現象）といえるのかもしれない。そして、この「ひとつの照明」は、「風景やみんなといつしよに」ともりつづけるのだから、それとして孤立（自立）しているのではなく、無数の「照明」と共存（共生）しているのだろう、というより、ここでも「個」と「他」という差異は消滅しているというべきなのだろう——「（すべてわたくしと明滅し／みんなが同時に感ずるもの）」（第二節）——。

もっとも、このようなとらえかたは、論理的には成立しがたいだろうし、あるいは矛盾に満ちたものなのかもしれない。しかし、「序」——とくにその第一節——は、けっして論理的な言述なのではなく、あくまでもひとつの「詩」であり、イメージの自由なつらなり（戯れ）であることを忘れてはならないだろう。ここでは、時空の秩序を超えて反復し循環する、宇宙（コスモス）的な混沌（カオス）——という、ある意味では絶対的な矛盾——、その「いま、ここ」へのあらわれとしての「現象＝青い照明」というイメージの連関を、むしろ想定すべきではないだろうか。そして、賢治そのひとが、「わたくし」をこのような「現象」として、べつにいうなら、感性的ないしイメージ的な意識あるいは存在としてみずからを規定し、あるいはそのようなものとして自覚していたことは、わたくしにはたしかなことのように思われる。
「序」第一節は、こうして、宮澤賢治による自分自身への、さらには詩人であることへの省察として読むことができるのではないだろうか。そのように省察された自己のありかたを、かれは「修羅」とよぶのだが（「春と修羅」）、「現象」というありかた、確たる存在根拠を欠き、たえず浮動するイメージ的（パンタスマ的）な意識のありかた、あるいはその在り処《ありか》（トポス）を、それは的確にとらえているのかもしれない。

心象のはいいろはがねから
あけびのつるはくもにからまり
のばらのやぶや腐植の湿地
いちめんのいちめんの諂曲《てんごく》模様
（正午の管楽《くわんがく》よりもしげく
　琥珀のかけらがそそぐとき）
いかりのにがさまた青さ
四月の気層のひかりの底を

唾《つばき》し　はぎしりゆききする
おれはひとりの修羅なのだ
〔……〕

「春と修羅」(mental sketch modified)(23)

「はいいろはがね」——無機的で、つめたく、かたく、おもいもの——から、「あけびのつる」——有機的で、あたたかく、やわらかく、うえへうえへと（くもにからまるまでに）伸びるもの——へと、そして「のばらのやぶ」——つる状の、とげをもったのばらがびっしりとからまりあったやぶ——や「腐植の湿地」——落ち葉などが朽ちてたまった、じめじめした暗黒色の土壌——へと飛躍し、あるいは戯れるイメージ、そしてそれと「諂曲《てんごく》模様」という語の喚起するイメージがかさなりあう。「（正午の管楽《くわんがく》よりもしげく／琥珀のかけらがそそぐとき）」——金管楽器のきらびやかな音、それよりもはげしくきらめきながらふりそそぐ琥珀のかけら（きらきらとひかる透明な黄金色の粒）、真昼にふりそそぐ陽光のイメージ。「春と修羅」冒頭の六行の「意味」を明確に、あるいは一義的にとらえることは、わたくしにはできそうにもない。わたくしにできるのは、たかだか上述したようなイメージの戯れを追うことでしかないが、その戯れは、見かたによっては、無機的／有機的、あたたかい／つめたい、かたい／やわらかい、おもい／かろやか、下方／上方、よどみ／透明、くらさ／あかるさ、などといった差異を曖昧にしてしまうのかもしれない。そして、このようなイメージあるいはそれがよびおこす気分は、おそらく「修羅」の——どこにも固有の場をもたず、宙づりにされているような——ありかたにかかわってゆくのだろう。

「気層のひかりの底」——「気層」とは、おそらく大気の層であり、すくなくともその上方には「聖玻璃《せいはり》の風が行き交」う「れいろうの天の海」（「春と修羅」）があるのだろうが、その底——「ひかりの底」——とは、ひかりのとどくことのない「闇」の世界であり、あるいはプロティノスのいう意味での「暗黒」（σκότος［skotos］）になぞらえるべきものかもしれない。プロティノスのいう「暗黒」は、そのものとしてあるのではなく、すべてのものの根源としての「一なるもの」（τὸ ἕν［to en］）から流れ出る「ひかり」（φῶς［phos］）のはてにほかならないのだが、それはしかし完全な空無なのではなく、あらゆる存在がそこから生じる場、すなわち「質料」（ὕλη［hyle］）にほかならず、その意味では上述のカオスにたしかに通じるだろう。[24]「修羅」とは、こうして、はるか上方にある「れいろうの天の海」（コスモス）——自分にとっての「よそ」——にひたすらあこがれながらも、ついにはそこに到達することができないという自分のありかたを、どうしても受けいれることができず、わが身をとらえてはなさない「いま、ここ」をあえて否定しようとするあまり、ただただ喘ぎ、いらだち、「ひかりの底」を、闇を、カオスを、「唾《つばき》し　はぎしりゆききする」存在なのだろう。「いちめんのいちめんの諂曲《てんごく》模様」——「諂曲」とは「自分の意志を曲げて、他人に媚びへつらうこと、よこしまな心をもつこと」(『日本国語大辞典　第二版』)だというが、ここでは上方(「よそ」)の世界——「天道」と「人間道」——の存在を知ってしまい、それにあこがれるあまり、「いま、ここ」を、自分自身の本来のありかたを、あえて否定しようとする——ある意味ではイローニッシュな——心性を意味するのではないだろうか。(25)そして、仏教の「十界論《じっかいろん》」では、(26)諂曲は修羅に特有のものとされているという——「諂曲なるは修羅」(日蓮)。

つめたく、静的で、無機的な「はいいろはがね」に端を発し、あたたかく、動的で、有機的な「あけびのつる」や「のばらのやぶ」をとおり、さらには真昼の陽光をさえあびながら、あらゆる差異を解消しつつ戯れ、流動するイメージ、それは「心象」の生成と、多様な道筋をとおりながら、修羅のトポスとしての「気層のひかりのそこ」にまでいたる「心象」の運動を、あるいは反映しているのかもしれない。しかしこれらのことについては、「春と修羅」そのものの詳細な解読をとおして、べつに述べるべきだろう。

くりかえせば、「序」第一節は、わたくしが現象であることの宣言であり、そのわたくし＝現象が、有機交流電燈の、そして因果交流電燈の「たしかにともりつづける」「青い照明」であることの宣言でもあるといえるのだが、最初の宣言が、現象という枠内にわたくしが包摂されるという、ある意味では概念的、哲学的な認識にもとづいているのにたいして、第二の宣言は、むしろ詩的直観にもとづき、詩的言語によってなされているといえるのではないだろうか。さきに引用した岩波茂雄や森佐一あての書簡がしめしているように、賢治は、第二の宣言をも、哲学や心理学によって、より明確で規定されたものにしようと考えていたのだろうが、結局は詩的直観と詩的言語という道筋を、つまりは詩人であることを選択することになった、そうみることができるかもしれない。

第二節について

これらは二十二箇月の
過去とかんずる方角から
紙と鉱質インクをつらね
(すべてわたくしと明滅し
みんなが同時に感ずるもの)

ここまでたもちつゞけられた
かげとひかりのひとくさりづつ
そのとほりの心象スケッチです

イメージが奔放に戯れ、容易には意味のとれない第一節にくらべて、第二節は、意味的なつながりがかなり明瞭であり、むしろわかりやすいといえるかもしれない。「二十二箇月」は、『春と修羅』に収載された詩が書かれた時間をさすと考えられる――「初版本」の目次によれば[27]、最初の詩「屈折率」の日付は一九二二（大正十一）年一月六日、最後の詩「冬と銀河鉄道」の日付は一九二三（大正十二）年十二月十日、また「序」の日付は一九二四（大正十三）年一月二十日である。第二節全体を、ほぼ字義どおりに読むなら、つぎのようにでもなるだろうか――これらの「詩」は、二十二箇月にわたると感じられる過去のある時期から、「紙と鉱質インク」をつらねることによって、ここまで――「序」の執筆当時まで――、それとしてかわることなくありつづけてきた、一連の心象スケッチそのものなのです……。

「心象」は、ごく一般的に、外界の知覚――感覚器官をとおした受容――によって生じる、いわゆる知覚表象、それが蓄積し、潜在化し、さらに変容したものとしての記憶表象、そしてそれらの自由な戯れから生じ、意識の下層に堆積する、無意識的な表象など、多様な表象（イメージ）

の総体をさすと考えてよいのではないだろうか。もちろんこれらの表象は、個人の内的な世界に生じ、しかも時間の経過とともに変化し、やがては消えてゆくもの――うつろいゆくもの――にほかならない。「心象スケッチ」とは、このようなうつろいゆく心象を、「紙と鉱質インク」をもちいて、本来の仕事のための論料（資料）として、そのおおよそを、手ばやく書きとどめたものを意味するのだろうか。

「紙と鉱質インク」という物質的な存在によって、うつろいゆく心象は「たもちつゞけられる」――持続性を獲得する――のだが、それとともに、個人の内的な世界（主観的な領域）からとりだされて、自己および他者の意識にたいする現前にもたらされる――客観化（客体化）される――、そう考えることもできるだろう。ところでドイツの哲学者ニコライ・ハルトマン（Nicolai Hartmann, 1882-1950）は、身体（生命体）を存在上の基盤とする「主観的・個人的精神」と「客観的・歴史的精神」のふたつを、「生きている精神」――生成し、変化し、消滅すべき精神――としてとらえるとともに、これらふたつの精神の内包が、「材料」（物質的存在）の加工によって生じる形象という存在上の基盤に、いわば移しかえられることによって成立するものとして、「客観化された精神」つまり生成、変化そして消滅をまぬがれた精神を想定している――これはいわゆる文化財一般に相当するものといえるが、N・ハルトマンはもっぱら芸術作品について論じている。(28) この考えにしたがえば、「紙と鉱質インク」は、あきらかに「材料」に相当するものであり、それを「つらねる」ことによって「たもちつゞけられた」――客観化された――「心象」が「心象スケッチ」ということになり、それは――N・ハルトマンの、あるいは近代美学の観点からいえば――あきらかに「芸術作品」としてとらえられるべきことになるだろう。

もっとも、賢治自身は、『春と修羅』を自律する芸術作品（詩作品）とは考えていなかったようだ。通念的にみても、スケッチはたしかに「下書」にすぎないともいえるだろうし、さきにその一部を引用した森佐一あての書簡も、そのことをたしかに示唆している――「これらはみんな到底詩ではありません。私がこれから、何とかして完成したいと思って居ります、或る心理学的な仕事の支度に、正統な勉強の許されない間、境遇の許す限り、機会のある度毎に、いろいろな条件の下で書き取って置く、ほんの粗硬な心象のスケッチでしかありません」[29]。（↓補説3）。

この問題については、さまざまな見解があきらかにされているようだが、ここではそれにたちいらない。ただ、刊行された『春と修羅』について、賢治がどのように考えていたかにはかかわりなく、かれが二十二箇月にわたって、そこに集録された六十九編の「詩」を書いたこと、そしてそれを一冊の詩集にまとめ、しかも自費で――みずからの意志にもとづいて――刊行したことは、たしかな事実であり、そのことについて考えることが、まずは必要だろう。

なんどもくりかえしたことだが、「序」第一節は「現象」としての「わたくし」の規定であり、その「現象」を、ここでは、パンタスマないしパンタスマ的な意識ととらえた。「心象」とは、そのような「現象（＝イメージ）」の内部に生じたイメージ――いわばメタ・イメージとでもいうべきもの――の戯れであり、そのものとしての根拠をいっさい欠いた、うつろいゆくもの、あえていうならば、プロティノス的な「暗黒」の底でひたすらにたゆたうものにほかならない。「たもちつゞける」とは、おそらく、そのようなイメージに「照明（ひかり）」をあてて、存在のレヴェルにまでひきあげること――「表現」ないし「客観化（客体化）」すること――を意味するのだろう。さきに述べたように、「紙と鉱質のインク」は客観化に不可欠な「材料」ととらえられるのだが、それを「つらねる」とは、おそらく紙にインクで文字を書きつらねることを意味するのだろう。とすれば、それは「材料」そのものではなく、「エクリチュール」（l'écriture）（書かれたもの＝文字のつらなり）にほかならないことになる。そして「エクリチュール」は当然「パロール」（la parole）をその前提として想定することになるが、「パロール」（ことば＝語られるもの）は、生成、変化そして消滅をまぬがれないもの――むしろ生成とともに消滅するもの――として、「心象」と同様に「現象」という枠のなかにあるというべきだろう。[30]

以上のことからいえば、「書くこと（エクリチュール）」とは、「現象」の「存在」への転換のくわだてにほかならないのかもしれない。刊行後の賢治のことばにはかかわりなく、『春と修羅』――「心象スケッチ」――は、すくなくともそれが書かれた「二十二箇月の過去とかんずる方角」においては、「パロール＝現象」の「エクリチュール＝存在」への転換――「たもつ」こと――のくわだて、ある意味では実存的ともいうべきくわだてだったのではないだろうか。たとえば、岩波茂雄宛の書簡に「歴史やその論料、われわれの感ずるそのほかの空間といふやうなことについてどうもおかしな感じやうがしてたまりませんでした」という、世界にたいする否定しがたい違和感――いくぶん強調していうなら疎外感――から、みずからを救済するためのぎりぎりのこころみ、いや、そうではなく、「おかしな感じやうが」する世界をその根幹からゆるがし、本来的な――「おかしな感じやうが」しない――世界で生きようとする決意の表明だったのではないだろうか。

散文はともかくとして、「詩」の場合には、エクリチュールのむこうがわになんらかの意味を読みとるのではなく、むしろパロールそのものを、語る「声」を感じる（聞く）べきではないだろうか、すくなくとも賢治の場合はそうだと思う。賢治の詩には――そして童話にさえも――「声」があふれている、わたくしは、かれの童話にはじめてふれたときから、勝手にそう思いこんでいる。かれの詩の「音楽性」については、すでにおおく語られているようだが、ここでわたくしがいうのは、たとえばその韻律のゆたかさやうつくしさなのではなく――もちろんそれは否定しがたいし、たしかに「原体剣舞連《はらたいけんばいれん》」など、その例にこと欠かないのだが――、エクリチュール（紙と鉱質インクのつらなり）から直接ひびいてくる賢治のパロール（声＝心象）なのだが、それだけではなく、おおくの他者のパロールでもある——「(すべてわたくしと明滅し／みんなが同時に感ずるもの)」——。かれの詩のなかに、ときに括弧で挿入される方言、アルファベット表記、そしてオノマトペなどは、それとしてはたもたれることのない、数おおくの(他者の)パロールの代表(表象)なのではないだろうか。賢治の詩からひびいてくるのは、だから、多声的(polyphonique)な声(ひびき)なのだと思う。

たとえば「永訣の朝」において、なんども括弧つきで挿入されることば＝声——(あめゆじゅとてちてけんじや)——は、あきらかに妹とし子のものであり、賢治の声にたいして、いわばバッソ・オスティナート[31]としてひびきあっており、そのことによってこの詩の、すくなくともその前半の気分を規定している。ある箇所で、とし子の声が、そのひびき(ありかた)がかわる——(Ora Orade Shitori egumo)。

〔……〕
わたしたちがいつしよにそだつてきたあひだ
みなれたちやわんのこの藍のもやうにも
もうけふおまへはわかれてしまふ
(Ora Orade Shitori egumo)

ほんたうにけふおまへはわかれてしまふ
〔……〕(32)

この声は、エクリチュールとしては、「もうけふおまへはわかれてしまふ」と「ほんたうにけふおまへはわかれてしまふ」という賢治の声のあいだに挿入されるしかないのだが、パロールとしては、これらみっつの声は、相互にわかちがたくかさなりあい、ひびきあっているはずだ。

しかし賢治は、なぜこの声をローマ字で表記したのだろうか。この声が、あまりにもつよく、そして特別なものとして賢治にひびいたからなのだろうか、平仮名で「おらおらでしとりえぐも」と表記することが、この声の特別なひびきをそこなうと感じたからなのだろうか、あるいは、ひらがなで——あたりまえのように——表記することが、賢治にはたえられなかったからなのだろうか、わたくしにはその真相はわからないが、ただひとつ、この声が他から区別されるべきものとして、(あめゆじゆとてちてけんじや)とさえことなるものとして、賢治のなかで——おそらくはほとんど堪えがたいものとして——ひびいていただろうことは、たしかなように思われる。そして、そのあとの「(うまれでくるたて/こんどはこたにわりやのごとばかりで/くるしまなあよにうまれてくる)」という声は、たしかに(あめゆじゆとてちてけんじや)と共通するひびきをもっており、このふたつの声のひびきあい(共鳴)は、おそらく賢治にとっては、ごくかすかにではあれ、あるやわらぎを、あるいは救いをもたらすものではなかっただろうか。「永訣の朝」は、教科書にも採択されて人口に膾炙し、またさまざまな解釈がほどこされているようだが、なによりもまずその声を、共鳴する声を聞きとるべきではないだろうか。そしてそのひびきは、「無声慟哭」にふくまれる他のいくつかの詩をとおって、さらに「オホーツク挽歌」のそれぞれの詩にまでおよんでいるのではないだろうか。とし子の声が最後に聞かれるのは、「噴火湾（ノクターン）」だが、

〔……〕
《おらあど死んでもいゝはんて
あの林の中さ行ぐだい
うごいで熱は高ぐなつても
あの林の中でだらほんとに死んでもいいはんて》
〔……〕(33)

この詩は

〔……〕
わたくしの感じないちがつた空間に
いままでここにあつた現象がうつる
それはあんまりさびしいことだ
　（そのさびしいものを死といふのだ）
たとへそのちがつたきらびやかな空間で
とし子がしづかにわらはうと
わたくしのかなしみにいぢけた感情は
どうしてもどこかにかくされたとし子をおもふ(34)

とおわる。

憶測をまじえていうなら、「永訣の朝」「松の針」そして「無声慟哭」からは、死にゆくとし子の声にはげしくひびきかえす賢治の声を聞くことができるだろうし、「風林」や「白い鳥」からは、とし子の声に呼応するかのように、いり乱れながら蘇るおおくの声の錯綜するひびきが聞こえるのではないだろうか。そして「オホーツク挽歌」五編の詩からは、ヤマトタケルの神話とひびきあいながら、どこか（よそ）に旅だったとし子——「白い鳥」——をさがしもとめて旅する賢治の、そのときどきの声が聞かれるだろう。これら十編の詩を閉じる最後の詩句――さきに引用した「噴火湾」の詩句――は、「どこか」でのとし子の存在を信じようとしながら、その「どこか」が、いわば絶対的な「よそ」であることを認めざるをえない賢治の声を、ひびかせているのではないだろうか。ところで、「無声慟哭」と「オホーツク挽歌」の十編の詩が、『春と修羅』全体のなかで、あるとくべつな位置をしめていることは否定できないだろうが、しかしその特別な位置を強調すべきではないだろう、なぜなら、これらの詩は、それとして孤立してあるのではなく、いくつかの重要な――詩のありかたそのものとかかわるだろう――特性を、他の詩と共有してもいると思われるのだから。

さきに「交流」について、それが、最終的には、あらゆる差異の解消にほかならないだろうと述べ、そのことが賢治の詩全体の特色にもなっているのではと推測したが、差異の解消は、パロールとエクリチュールについてもいえるのだろうか。もちろん、パロールとエクリチュールの差異が実際に解消することはありえないはずだが、もともとエクリチュール――手書き文字のつらなり――は、書き手の内面のうごきを痕跡としてとどめていると考えられるし、手書きの書簡や連綿体ですばやく書かれたひらがなの書などからは、むしろ書き手の声（パロール）――内面のうごき――がほぼ直接ひびいてくるとさえいえるのではないだろうか。そして、現存する賢治の、独特な字体で書かれ、度かさなる推敲のあとをとどめた自筆原稿についても、おなじことがいえるだろう。一定の字体に統一され、機械的に反復される印刷文字については、上述のことは妥当しないというべきだろうが、しかし特定の個人のエクリチュールのかたち（構造）をそれとして規定する特徴――「文体」といえるかもしれない――は、印刷によってもたもたれるだろうから、その意味では「印刷本」もなお語るといえるのかもしれない。ところで、現存する『春と修羅』初版本のうち、「宮澤家本」「菊池氏本」「藤原氏本」と通称される三冊には、「単なる誤植訂正にとどまらない作者の手入れ」[35]がほどこされているが、そのことに、あるいは、印刷された文字列を本来のエクリチュールに再変換しようという――それに声を吹きこもうとする――くわだてのあとをみいだすことができるかもしれない。

宮澤賢治という詩人は、基本的には、声＝パロールのひと、話すように書くひとであり、そのことがかれのエクリチュールを独自のものに規定しているのではないだろうか。もっとも、詩人というものは、一般にそのようなものだといわれるかもしれない。しかし、賢治の場合、詩の全体的なすがた（ありかた）が、読むひとのなかに、ひとつの運動を、冒頭から結末にむかうあきらかな方向性とあるはやさをもった運動を生みだし、さらにその運動が、ある声＝パロールとの共鳴を誘発するように感じられる。わたくしにとって、賢治の詩を読むことは、かれのエクリチュールにふれることであり、その声を聞くことにほかならない。もっともこれは、たんなる恣意

的な印象にすぎないのかもしれないが、たとえば、

海だべがど　おら　おもたれば
やつぱり光る山だたぢやい
ホウ
髪毛《かみけ》　風吹けば
鹿踊《しし》りだぢやい

「高原(36)」

このような詩は、読まれること――意味の把握――だけではなく、あるいはむしろそれ以上に、音＝声――花巻（岩手県中部）地方の方言（なまり）――として聞かれることを望んでいるのではないだろうか。このみじかい詩が、なおひとつの詩として自律しているとすれば、その根拠は、すくなくともその一部は、たしかにその音（ひびき）にある、というより、賢治にとっては、その故郷のことばのひびきを、ある意味では顕揚することこそが大切だったのではないだろうか。ちなみに、この詩――語のつらなり――の「意味」を、普通の（標準的な）ことばにうつしてみたらどうだろう。もとの詩がもつゆたかな音がうしなわれるのはもちろんだが、それが喚起するイメージもまた色あせてしまうだろう。妹とし子のいまはのことばは、かの女と賢治がともに生

きそして話していた地方のことばとして、他から区別されて——ときにはカッコにいれられ、あるいはローマ字で——表記されなければならなかったのだろう。

一般的にいって、方言を規定する——他にたいする差異をかたちづくる——契機のなかで、おおくのひとがもっとも注目するのは、その音韻上の特徴ではないだろうか——他のふたつの契機、文法と語彙が、いわば観念的であるのにたいして、音韻が感覚的（聴覚的）であることが、その理由なのだろう。「方言」がときに「なまり」——標準にたいする音韻上の偏差——と同一視されることがあるのも、おそらくはこのことにもとづくのだろう。また、たとえば東北地方の方言が、しばしば「東北弁」とよばれるのも、その音韻上の特徴をとらえてのことなのだろう——「弁」は「辯」に通じ、「ことばで論じること」あるいは「ことばづかい」を意味する。ひとつの方言が、地域によってさらにこまかく区分されるのも、まずはその音韻上の特徴（なまり）にもとづくと考えられる。

ちなみに、花巻地方の方言（花巻弁）は、広義の南部方言（旧南部藩地域の方言、南部弁）に含まれるが、南部弁は、八戸を中心とする青森県南東部（八戸弁）、岩手県内陸部の北部、盛岡（盛岡弁）、中部、沿岸部の北部と中部、そして秋田県の一部の方言などに細分される。いわずもがなかもしれないが、わたくしにとっていわば「母語」である「盛岡弁」は、「花巻弁」とごくちかい関係にある。

ここで、あらためて賢治の詩のエクリチュールについて考えてみるべきかもしれない。もともとエクリチュールとは、視覚的な記号――「意味するもの」――の言語的（ロゴス的）な法則にもとづいたつらなりにほかならないのだが、それは、一般に、意味――「意味されるもの」――にたいして透明であるとされており[37]、したがって読む意識は、エクリチュールを意味の、概念のつらなりとして、ほぼ直接的に認識すると考えられる。語（文字）の認識とは、まずは視覚的な性質（字形）の把握なのだが、語の「透明性」のゆえに、視覚的性質はただちに意識のそとに放置され――意識下に秘匿され（忘却され）――、意識はほぼ直接的に意味を、概念のつらなりをとらえるのだろう。ところが、詩（韻文）の場合、語の配列が、全体として、聴覚的（音韻的）な法則にもとづいておこなわれるために、忘却された視覚的性質にとってかわるように、もともと視覚的な性質（エクリチュール）の起源でもあった聴覚的な性質（パロール）が――聴覚的なイメージのつらなりが――、秘匿された（不在の）状態から現前の状態に移行すると考えられる。散文の場合にも、言語的（ロゴス的）な法則にもとづいたエクリチュールの連続性が、なんらかのしかたで否定される――たとえばその表面に裂目ないし穴があけられる――とき、意識はその裂目（穴）から、意味＝概念の下に秘匿されたもの――おそらくはジュリア・クリステヴァ（Julia Kristeva, 1941-）のいう「シニフィアンス」（la signifiance）に対応する、聴覚的なそれをふくんだ多様なイメージの錯綜したつらなり——へとはいりこんでゆくと考えられる。[38]

賢治のエクリチュールには、バルトのいう裂目（穴）に相当するものが、かれ独自の仕方で、数おおくつくり出されており、そこからも、それまでは秘匿されていた声＝パロールが表面にあらわれでるのではないだろうか。たとえば、さきにあげた「春と修羅」の冒頭部分にみられるような、通常の——意味的な脈絡をたどる——読みを拒否するような、語と語の関係。

心象のはいいろはがねから
あけびのつるはくもにからまり
〔……〕

「心象」「はいいろはがね」「あけび」「つる」「くも」「からまり」という語は、たしかに「の」「から」「は」「に」という「助詞」によってむすばれているのだが、そこからすぐにひとつながりの意味——まとまったものごと——を読みとることは、おそらくできないだろう。読者は、ある意味ではこれらの「助詞」につまずき、言語的な慣習や語の通念的な意味の下にひそむだろうものを、自分自身で、おそらくはその想像力をはたらかせて、探ってゆかなければならない。もっともこれは、賢治に特有のものではなく、詩に一般的なものともいえるのだが、賢治の場合、通念的な詩のことばの枠組（語彙）を超えたことば——たとえば自然科学や仏典などのことば——が頻繁に使用されることによって、よりきわだったものとなっている。すでに述べたことだが、括弧でくくられた方言やアルファベットなども、その例と考えることができるし、それ以外にも括弧つきのことばは、さまざまなかちであらわれ、エクリチュールに無数の裂目をつくり出しているといってよいだろう。「真空溶媒（Eine Phantasie im Morgen）」や「蠕虫《アンネリダ》 舞手《タンツエーリン》」などでは、このような語法が多用され、詩のすがたをきわめて独自のものにしている。たとえば

（えゝ　水ゾルですよ
おぼろな寒天《アガア》の液ですよ）
日は黄金《きん》の薔薇
赤いちいさな蠕虫《ぜんちゆう》が
水とひかりをからだにまとひ
ひとりでおどりをやつてゐる
（えゝ　8《エイト》　γ《ガムマア》　e《イー》　6《スイツクス》　α《アルファ》）
ことにもアラベスクの飾り文字

〔……〕

「蠕虫《アンネリダ》舞手《タンツエーリン》」(39)

そして「小岩井農場　パート九」では、通常の文章のなかに、「です、ます」調の文章が、なんのことわりもなしに――括弧でくくられることさえもなく――はいりこみ、それと気づかずに見過ごしてしまいそうな、しかし明白な裂目をつくり出している。もうひとつだけべつの例をあげてみよう。

dah-dah-dah-dah-dah-sko-dah-dah
こんや異装《いさう》のげん月のした
鶏《とり》の黒尾を頭巾《づきん》にかざり
片刃《かたは》の太刀をひらめかす
原体《はらたい》村の舞手《おどりこ》たちよ
〔……〕

「原体剣舞連《はらたいけんばいれん》」（mental sketch modified）(40)

冒頭の「dah-dah-dah-dah-dah-sko-dah -dah」という文字列（アルファベット）は、ある意味では、ひとつの発音記号とでもいうべきもので、独自のリズムをもった音そのものをあらわしているといえるが、その音がなんどか、ときには短縮されて、反復され、この詩全体にたいするリズム的なオスティナート[41]としてはたらいている。この、そのものとしても明確な節奏をもった詩を読みすすむとき、このリズムは、ときに弱まり、ときに強まりながら、つねになりひびき、意味として表面にはっきりあらわれる以前の、ある混沌としたうごきを感じさせるのではないだろうか。

さきに「シニフィアンス」に言及した。クリステヴァによれば、「シニフィアンス」とは「意味の現前するなかで意味するものとなるだろう、あらゆる萌芽があつまる地域」である。[42]「萌芽」とは、日光をあびて、一本一本の枝、一枚一枚の葉、ひとつびとつのつぼみ、あるいは一輪の花にわかれる――分節する――以前の、それらすべてを潜在的に含んだものなのだから、ここでいわれている「あらゆる萌芽」とは、言語――慣習的な秩序――というひかりによって構造をあたえられ、意味的になる以前の状態をしめしていると考えられ、そのような「萌芽」が集積しているという「シニフィアンス」は、「言語」という「ひかり」がさしこむまえの、プロティノス的な「暗黒」ないしカオスにも比すべきものではないだろうか。あらゆるエクリチュールは、その下に「シニフィアンス」の「暗黒」を秘めており、意識はエクリチュールの裂目あるいは穴からそこにはいりこんでゆくのだろう。賢治のエクリチュールには、上述したように、おおくの、むしろ無数の裂目（穴）がうがたれているのだから、その詩を読みながら――エクリチュールの表面を意識的にたどりながら――、それと同時に――無意識のうちに――、あの「暗黒」

を体験してゆくのかもしれない。「シニフィアンス」――意味的に分節する以前の萌芽の集積あるいはカオス――とは、おそらく、エクリチュール（視覚的イメージ）からその起源としてのパロール（聴覚的なイメージ）をへて、最終的には無意識的なイメージにいたる、多様なイメージの垂直な――一葉づつの――かさなりにほかならないのだろう。賢治が「心象」ということばでしめそうとしたものは、あるいはこのようなイメージの集合だったのかもしれない。「かげとひかりのひとくさりづつ／そのとほりの心象スケッチです」――ここでいう「かげ」が混沌とした「暗黒」としてのイメージを、そして「ひかり」がその混沌をコスモスに転じるものだとすれば、心象スケッチとは、混沌とした、うつろってやまないイメージの集合を、「紙と硬質インクをつらね」て書きとどめた――言語化（ロゴス化）した――ものなのだろう。

第三節について

記述上の都合から、第三節全体を【1】、【2】、【3】に三分して考察する。

【1】

これらについて人や銀河や修羅や海胆は
宇宙塵をたべ　または空気や塩水を呼吸しながら
それぞれ新鮮な本体論もかんがへませうが
それらも畢竟こゝろのひとつの風物です

「これら」――第二節で述べられた「心象」そのもの、あるいはスケッチとして「たもたれた」「心象」をさすのだろう。「人や銀河や修羅や海胆は」――地球上に生存する人類、地球をそのなかに包摂する銀河系宇宙、「ひかりの底」という「よそ」で生きざるをえない修羅、そして海底に生きる微細な、ある意味では下等な存在である海胆（ウニ）、これらは、おそらく、大宇宙内に存在する、あるいは存在すると仮定される多種多様の、むしろありとあらゆる存在を表象（代表）しているのではないだろうか。「宇宙塵をたべ」――「たべる（食べる）」という語は、これらのものが、なんらかの意味で生命的な存在であることをほのめかしているとも考えられ、また「空気や塩水を呼吸しながら」という語は、とくに地球上の生命を意味するのかもしれない。もっとも、有機的／無機的、現実的／想像的、極大／極小、高等／下等などといった通念的な差異は否定され、すべての存在はひとつの、おそらくは混沌とした全体としてとらえられているのだろう。「それぞれ新鮮な本体論もかんがへませうが」――それらあらゆる存在を、それぞれに特有の「心象」を、それぞれの仕方で、うつろいゆくもの――現象、イメージ（パンタスマ）――としてとらえるのではなく、実体（本体）としてとらえるという新鮮な――おそらくは通念を脱した――考えもありうるかもしれない。「それらも畢竟こゝろのひとつの風物です」――しかし本体（実体）ととらえようとしても、それらは、結局はうつろいゆく心象（こころのひとつの風物）にすぎない。

【2】

たゞたしかに記録されたこれらのけしきは
記録されたそのとほりのこのけしきで
それが虚無ならば虚無自身がこのとほりで
ある程度まではみんなに共通いたします

「記録されたこれらのけしきは」――心象そのものは、うつろいゆくイメージにすぎないとしても、スケッチされたこれらあらゆる存在の心象（心象スケッチ）は、「記録されたそのとほりのこのけしきで」――スケッチされたとおりの、まさに心象そのものであり、「それが虚無ならば虚無自身がこのとほりで」――かりに心象が実体をまったく欠いたうつろであり、まさにパンタスマそのものだとしたら、パンタスマそのものがスケッチされたとおりのものであり、「ある程度まではみんなに共通いたします」――完全とはいかないにしても、なんらかの程度、すべての存在に共通する。一行目と二行目はおなじことの反復といえるだろうし、「これら」「それ」「この」「とほりの」などということばの、執拗な――みかたによってはたしかに過剰な――反復は、心象スケッチが心象そのものの特性をそのままに「たもちつづけ」ていることを、心象そのものの、いっさいの恣意を排した――ある意味では現象学的ともいうべき――記述であることを強調しているのかもしれない。あるいは、岩波茂雄あての書簡にいう「それぞれの心もちをそのとほり科学的に記載して置きました」ということばも、おなじことを述べているのだろうか。

【3】

（すべてがわたくしの中のみんなであるやうに
　みんなのおのおののなかのすべてですから）

この詩句にも、多様な解釈があるようだ。たとえば、ライプニッツ（Gottfried Wilhelm Leibniz, 1641-1716）の「モナド論」（Monadologie）にその根拠を求め、あるいは仏典のなかの記述に解

明の糸口をみいだすなど。たしかに賢治は「モナド」(Monad) という語をときに用いており、

あけがたになり
風のモナドがひしめき
東もけむりだしたので
月は崇厳なパンの木の実にかはり
〔……〕

「有明」(43)

しかもそれがライプニッツ哲学の主要な概念であることを知っていたと推量されるし、またかれが『法華経』などの仏典に親しんでいたこともたしかだから、このような解釈もそれ相応の根拠をもつのかもしれない。しかし、この詩句(文)を論理的(ロゴス的)にとらえるのは、かなりむずかしいことではないだろうか。たとえば、その全体を「やうに(ように)」という比況・推量の助動詞でむすばれたふたつの文ととらえることは、後半部が主語を欠いているためにできないだろうし、また、後半部の主語として「すべて」を想定し、それが前半部の主語と重複するために省略され、その結果、全体がひとつながりの文の体裁をとるにいたったとみることは、たしかに可能かもしれないが、その場合には後半部において(省略された)主語と述語が重複するこ

とになり、通常の文のかたちからはずれることになるだろう。

しかしこの詩句の、だれもがそれと感じるだろう特徴は、「すべて」「みんな」「の中（なか）の」という語が、まるで呪文でもあるかのように反復されることではないだろうか。「すべて」と「みんな」は、ある意味では同義語といえるだろうが、「みんな」が、おおくの場合、「ひと」にかかわり、「わたくし」以外の他者の総体をさすのにたいして、「すべて」には、そのような限定はなく、ありとあらゆる存在を総括するとみることもできるだろう。そして、「わたくし」と「みんな」のあいだには、主観的、個別的存在と客観的、総体的存在という差異があるともいえるだろう。しかし「すべてがわたくしの中のみんな」という語のつらなりにおいては、「すべて」「わたくし」そして「みんな」のあいだに想定される差異――いわば存在的とでもいうべき差異――は解消され、三者は共存する。「わたくし」がほかならぬ現象＝パンタスマであるとすれば、「すべても」も「みんな」もまた現象＝パンタスマにほかならないことになるだろう。パンタスマとしての「すべて」と「みんな」が、パンタスマとしての「わたくし」のなかにある。それとおなじ「やうに」、他者の総体としての「みんな」の「おのおの」――ひとりびとり――のなかに「すべて」があるのだろう。一見したところ論理的（ロゴス的）には矛盾にみちたこの詩句は、すべてのもの――銀河、地球、人からウニにいたるあらゆる生物、さらには表象的存在としての修羅、そしてこれらすべてをそのなかに包摂する宇宙――と「わたくし」の、イメージとしての共存を、それらのあいだのあらゆる差異の消滅を、まさにイメージとしてあらわしたものといえるのではないだろうか。そして、たしかにそれは、論理を超越した語のつらなりであり、その意味であきらかに「呪文」につうじるだろう――文の冒頭と末尾が重複し、全体のありかたは循環的であり、あるいは「ウロボロス」(δϱάϰων ουϱοβόϱος [drakon ouroboros])[44]的であって、そのことが「呪文」を思わせるのかもしれない。心象スケッチが「ある程度までみんなに共通」するのは、「すべて」のものと「わたくし」のあいだの差異が消滅し、イメージ(パンタスマ)として共存するからなのだろう。

第四節について

かなり長いので、全体を六つに分割して、それぞれの語をたどる。

【1】

けれどもこれら新世代沖積世の

巨大に明るい時間の集積のなかで
正しくうつされた筈のこれらのことばが

「新世代沖積世」――地質史上の時代区分、もっとも「沖積世」(Alluvium Epoch)という語は、現在では学術用語としては使用されていず、そのかわりに「完新世」(Holocene Epoch)という語が使用されているということだが、それはまたときに"Recent Epoch"とも呼ばれており、「新世代」という語は、あるいはこの語から連想されたのかもしれない。いずれにしても地質史上の現代をさすのだろうが、その現代(いま)が「巨大に明るい時間の集積」といわれているのは、「いま」がその背後に宇宙的な悠久の時間の集積をもつこと――巨大な時間のながれのはてにあること――を意味しているのだろう。「明るい」――過去が、完全な認識をのがれていて、その意味では「闇」にとざされているのにたいして、「いま」はすべて明確な認識の対象になりうることを「明るい」と形容したのだろうか。「いま」は、その背後に巨大な――その大部分が闇にとざされた――時間の集積をもつにもかかわらず、「正しい」認識によってあますところなくとらえられるというのだろうか。あるいはこのことに、賢治の科学――自然科学だけではなく、哲学や心理学をも含んだ、もっともひろい意味での科学(学問)――にたいする考えかたの反映をみることができるかもしれない。「正しくうつされた筈のこれらのことば」――正しいこころをもって、あるいは科学的（学問的）に心象をそのままうつしたはずのことば、つまり心象スケッチが、あきらかに宇宙的な時間のはてとしての「いま」においてつくられたこと、しかもその「いま」を正しく（正確に）反映していることを、この詩句全体はひそかに言おうとしているのかもしれない。

【2】

わづかその一点にも均しい明暗のうちに
　（あるひは修羅の十億年）
すでにはやくもその組立や質を変じ
しかもわたくしも印刷者も
それを変らないとして感ずることは
傾向としてはあり得ます

「わづかその一点にも均しい明暗」——「いま」という時間の、ほんの一瞬（刹那）にもひとしい明暗、それは、「せはしくせはしく明滅」（第一節）する瞬間であり、あるいはその一瞬にかぎられた個としての生命なのだろうか。「（あるひは修羅の十億年）」——「いま」の、しかも「せはしくせはしく明滅」する一瞬は、しかし永劫の彷徨をさだめられている修羅、「四月の気層の光の底を　唾し　はぎしりゆききする」（「春と修羅」）修羅にとっては、おそらく十億年にも相当するものなのだろう。ここでも「瞬間」と「永劫」という、いわば絶対的ともいうべき差異が解消されている。それは、宇宙的、地史的、人間的、そして仏教的な時間の共存にほかならないのだろうし、賢治に特有の時間意識をここにみることも、おそらく不可能ではない。そのような一瞬のうちに、わたくしのはかない生のあいだに、「紙と鉱質インクをつらね」「たもちつゞけられた」はずの心象スケッチに、「すでにはやくも」その組立（構造）や質のうえで変化が生じているにもかかわらず、わたくし＝筆者も、印刷者＝詩集（書物）の制作者も、それをかわりないものとして――「たもちつゞけられた」ものとして――感じるということは、感性の傾向性からみて、ありえることというのだろう。詩（芸術作品＝「客観化された精神」）がその同一性をたもちえるのは――あるいはすくなくともそのように信憑されるのは――、じつはわずかこの「瞬間」においてだけであって、宇宙的、地史的な時間のなかでは、それとして「たもたれる」ことはありえないのだろうか。瞬間と永劫の、変化と持続の、あるいは生と死の共存というアイロニーを、詩（芸術作品）の特質とみることは、たしかに不可能ではない[45]。そして、「心象スケッチ」――ということばあるいは考えかた――そのものが、賢治がこのようなアイロニーを直感的にとらえていたことをしめしてはいないだろうか。

【3】

けだしわれわれがわれわれの感官や
風景や人物をかんずるやうに
そしてたゞ共通に感ずるだけであるやうに
記録や歴史　あるひは地史といふものも
それのいろいろの論料《データ》といつしよに
（因果の時空的制約のもとに）
われわれがかんじてゐるのに過ぎません

「われわれがわれわれの感官や／風景や人物をかんずるやうに」――「風景や人物をかんずる」のにたいして、「われわれの感官をかんずる」という表現は、いくぶん異様にも感じられるが、それは自分の感覚器官のはたらき――いま現に風景や人物をとらえている感覚器官のはたらき――を、それとして感じること、あえていえば、一種のメタ感覚を意味するのだろうか。「共通に感ずる」――あるいは、いわゆる「共通感覚（sensus communis）――アリストテレス的な意味での、視覚、聴覚などそれぞれの感覚に共通する性質――を意味するのだろうか。あるいは「われわれの感官をかんずる」ということばは、そのことと関係があるのかもしれない——視覚、聴覚などそれぞれの器官をはたらかせながら、それとともに、それらに共通する感覚のはたらきをも、それとして感じるというのだろうか。あるいは、感覚のはたらきと、それにたいする反省のはたらきの共存を、それは意味するのだろうか。あるいはここで、いわゆる「共感覚(46)」を、たんに五感の協同だけではなく、想像力をもふくめた、感性的認識領域全体の協同を考慮する必要があるのかもしれない。というのも、賢治のイメージの特質のひとつをこのことにみることが、たしかに可能と思われるのだから。たとえば

萱の穂は赤くならび
雲はカシユガル産の苹果の果肉よりもつめたい
鳥は一ぺんに飛びあがつて
ラツグの音譜をばら撒きだ
　古枕木を灼いてこさえた
黒い保線小屋の秋の中では
四面体聚形《しゆうけい》の一人の工夫が
米国風のブリキの罐で

たしかにメリケン粉を捏《こ》ねてゐる
鳥はまた一つまみ　空からばら撒かれ
一ぺんつめたい雲の下で展開し
こんどは巧に引力の法則をつかつて
遠いギリヤークの電線にあつまる
　赤い碍子のうへにゐる
そのきのどくなすゞめども
口笛を吹きまた新らしい濃い空気を吸へば
たれでもみんなきのどくになる
森はどれも群青に泣いてゐるし
松林なら地被もところどころ剥げて
酸性土壌ももう十月になつたのだ
〔……〕
あるいは

「火薬と紙幣[47]」

〔……〕

(ははあ、あいつはかはせみだ
翡翠《かはせみ》さ　めだまの赤い

あゝミチア、今日もずゐぶん暑いねえ)

(何よ　ミチアって)

(あいつの名だよ
ミの字はせなかのなめらかさ
チの字はくちのとがった工合
アの字はつまり愛称だな)

〔……〕　〔北上川は熒気をながしィ〕(48)

など。

これらの詩、あるいはむしろこれらの詩があらわしだすイメージの根柢に、視覚、聴覚、嗅覚そして触覚さらには味覚などの感覚の相互的なはたらきをみることは、けっして不可能ではない。共感覚的なものが、その詩に直接あらわれているかどうかにはかかわりなく、かれの詩のイメージの背後には、もろもろの感覚が相互にはたらきあっている、ある混沌とした世界がひろがっているように思われる。たとえば「小岩井農場」にみられる、多彩なイメージのとぎれることのない流動するつらなりは、もろもろの感覚の自由な戯れから織りなされる豊穣な、しかし混沌とした世界を、その土台として、あるいは母体として前提することによって、はじめて可能になるのではないだろうか。

「記録や歴史　あるひは地史といふものも／それのいろいろの論料《データ》といつしよに」――地史もふくめた、ひろい意味での歴史は、過去のできごとの、資料（論料）にもとづいた、客観的な記述であり、一般的には理性（ロゴス）にもとづくものなのだろうが、それを「われわれがかんじてゐるのに過ぎません」ということは、一般的あるいは通念的な歴史観にたいする反省を意味するのだろうか。賢治がそのような歴史認識ないし世界認識にたいして、疑義をいだいていたことは、いくつかの資料からあきらかなようだが、この詩句はそのことを反映しているのかもしれない。

「(因果の時空的制約のもとに)」――一般的な歴史認識は、あくまでも時間、空間という枠組をとおしての、因果的な関係の把握にすぎず、ものごとの本質をそれとしてとらえる、純粋な（正しい）ものではないことを、あるいは述べているのだろうか。

　ところで、これはまったく個人的な印象にすぎないのだが、わたくしは、このくだりで反復される「われわれ」という語にある種のとまどいをおぼえてしまう。これを単純に自称の代名詞の複数形とみれば、それでことはすむのかもしれないが、もともと「序」は、「わたくし」という語ではじまり、それがなんどか反復されてもいるのだから、「われわれ」よりはむしろ「わたくしたち」「わたくしども」「わたしたち」あるいは「みんな」などのほうがふさわしいような気もする。かつて学問の世界では、叙述が主観的に偏し、感情的に堕することをふせぐために――客観性、論理性のいわば担保として――、主語に「われわれ」を使用すべきだという約束事あるいは慣習があったが、わたくしには、その「われわれ」が、聴き手ないし読者が自分（話者）と共通の範疇にあることを当然の前提としている――話者がおなじ範疇の人間の代表として語っている（書いている）――ように思われ、そこにバルトが「闘士」の言説についていう「高慢」(l'arrogance) にいくぶんか通じるものを感じていた。[49] わたくしのとまどいは、おそらくこのことによるのだろう。もともとは、ある個人の内面の表白であり、したがって主語としては単数の自称代名詞こそがふさわしいと思われる「叙情詩」に――とくに「心象」のスケッチである『春と修羅』に――、「われわれ」という語が出現することが、はたしてふさわしいことなのだろうか。あるいは、このくだりで述べられているのが、「記録や歴史　あるひは地史といふもの／それのいろいろの論料《データ》」といった、いわば学問にかかわるものであるために、意識的に、あるいはむしろ無意識的に、「われわれ」という語が使用されたのだろうか。そうではなくて、「序」そのものが本来の叙情詩ではなく、『春と修羅』という叙情詩の集合にたいする「口実」ないし「説明」としてあることが、このような語の使用をまねいたと考えるべきなのだろうか。しかしこれは、わたくし個人のたんなる語感だけにもとづいた、あまりにも些細なことであり、論じるにたらないことにちがいない。

【4】

おそらくこれから二千年もたつたころは
それ相当のちがつた地質学が流用され
相当した証拠もまた次次過去から現出し

「二千年」――人間の生を規準にすればながく、しかし地史的にはほぼ一刹那ともいうべき時間だろう。あるいは、十九世紀末（一八九六年）に生まれた賢治が、二十世紀を意識しての時間なのだろうか――二十世紀から二千年（二十世紀）もたったころ――。「ちがつた地質学」――地史的には一刹那にひとしいとしても、この二千年という時間のなかで、人間の知的ないとなみである地質学は、当然おおきく変化するにちがいない。自然科学がしばしばおちいりがちな、真理の、むしろ学説の絶対性にたいする根拠のない信憑から、詩人としての賢治は、あるいはその想像力は、自由だったのだろう――いま絶対のものと信憑されている地質学（自然科学）が、じつは「因果の時空的制約」のもとにある相対的な（「それ相当の」）ものにすぎないこと、そのような枠組から自由な地質学、それが「ちがつた地質学」なのだろうか。そして、そのような「ちがつた地質学」にふさわしいさまざまな証拠（資料）が、つぎつぎに過去（不在）から現出する――、それは、枠組の制約下にあった過去の――じつは現在（二十世紀）の――地質学が、まったく気づくことのなかった資料なのだろうか。なお「つぎつぎ」（という平仮名の表記）でも「次々」（という踊り字をもちいた表記）でもなく、「次次」と表記されていることから、「次次過去」をひとつの――ある特別の過去を意味する――名詞ととることもできなくはないだろうが、その場合の意味をさだめることができないので、ここでは単純に「現出し」を修飾する副詞とみておく――なお賢治の表記法は、一定の基準にしたがって固定されたものではなく、かなり流動的なもののように思われる。

【5】

みんなは二千年ぐらゐ前には
青ぞらいつぱいの無色な孔雀が居たとおもひ
新進の大学士たちは気圏のいちばんの上層

きらびやかな氷窒素のあたりから
すてきな化石を発掘したり
あるいひは白亜紀砂岩の層面に
透明な人類の巨大な足跡を
発見するかもしれません

ここでは、主語として「われわれ」ではなく「みんな」が使用されている。つぎの文の主語である「新進の大学士たち」は、若い気鋭の専門家（研究者）の集合を意味しているととれるから、それと区別された「みんな」は、専門外の（一般の）ひとびとを、あるいは「わたくしの中のみんな」をさしているのかもしれない。この詩句は、全体として、二千年後のひとびとの、あるいは地質学者らのまなざしにあらわれるだろう、過去の――二千年ぐらいまえの、つまりは「いま」の――地球のすがたの記述であり、あるいは現在（二十世紀）の地質学（学問）の相対化ないし解体を暗示的に述べているとみることもできるだろう。

みんな（一般のひとびと）は「青空いっぱいの無色な孔雀が居たとおもひ」」――この場合の「おもふ」は、「新進の大学士たち」が「化石を発掘したり」「巨大な足跡を発見する」――客観的な資料（論料）を発掘したり発見する――とされていることとの対比からみれば、おそらくは、客観的（学問的）な証拠なしにそのように感じること、あるいは想像することをさすのだろう。「青ぞらいっぱいの無色な孔雀」――孔雀は、仏教（密教）では「孔雀明王」として信仰の対象になっており、そのほかおおくの伝説あるいは神話においても、神あるいは神の使いとされており、人間界を超越した世界に、天に住まいすると考えられていたのだろう。ここでは「天」は「青ぞら」として表象されているのだろうし、かりにここでの「孔雀」を濃い青色の羽毛をもつインドクジャク（Pavo cristatus）と考えれば、天空に住まう孔雀は、地上からのまなざしにたいしては、空の青にとけこみ、それとしてとらえがたい――その意味では無色（透明）な――ものとなるのかもしれない。あるいはもっと単純に、いまはそれとしてみることのできない、しかし「よそ」にはいるだろう（いただろう）孔雀を、無色と表現したのかもしれない。いずれにしても、青ぞらが無色の孔雀でいっぱいというイメージは、二千年前（いま）の世界が、二千年後（未来）のひとびとにとっては、どこにもない場所、つまり「ユートピア」[50]であることを告げているのかもしれない――もともと「想像力」とは、「よそ」にあるものを「いま、ここ」にもたらす意識のありかたにほかならないのだから。逆にいえば、二千年前（いま）の世界を、そのようなものとしてイメージできる二千年後（未来）のひとびとの世界は、いまのひとびとにとって、そしてそのひとりである賢治にとっても、おなじく「ユートピア」であり、「よそ」にほかならないだろう。

「気圏のいちばんの上層」――「気圏（大気圏）」（Atmosphere）は、下から「対流圏」（Troposphere）「成層圏」（Stratosphere）「中間圏」（Mezosphere）そして「熱圏」（Thermosphere）という層を形成しており、温度がもっとも低いのは、「中間圏」と「熱圏」の境界のあたり（-90℃）だという[51]。「氷窒素」――詳細は不明、あるいは「液体窒素」（沸騰点 -196℃、融点 -210℃）を真空のなかにおくと、融点を下回った時点で「固体窒素」に変化するというが、それをイメージしているのかもしれない。あるいはまた、気圏の上層がきわめて低温であるため、そこでは窒素さえも凍結し、それが陽光にあたって煌めくというイメージを、賢治はいだいていたのかもしれない。「きらびやかな氷窒素のあたりから／すてきな化石を発掘したり」――かつての海底が、地殻変動によって、いまの地表に出現（隆起）したように、かつての気圏の上層とそこにある「氷窒素」が、宇宙のなんらかの変動によって、二千年あとの地表にすがたをあらわし（沈下し）、そこから「化石」――過去の痕跡――が発掘されるという、通念的な時空の枠組を一挙にくつがえす、まことに壮大かつ奔放なイメージというべきだろう。「白亜紀」――地質史のうえでは、一億四千五百万年前から四千五百万年前までをさす。「透明な人類の巨大な足跡」――いま（現在）のひとびとは、おなじ「白亜紀砂岩の層面に」、いまはそのすがたを消した――透明となった――巨大な生物（恐竜）の足跡を発見しているのだが[52]、二千年後のひとびとは、そのときにはすでにすがたを消した人類の巨大な足跡を、そこに発見するかもしれない――このイメージもまた、通念の枠組をはるかに超えている。

二千年前の世界と二千年後の世界とが、それぞれユートピアとされることによって、相互の差異をうしなって戯れあい、そこに地質学的（自然科学的）な用語が自由に綯いまぜられることによって、時空の制約を超えたイメージがあらわしだされている。第四節には、全体として、詩人であり、思索者でありまた自然科学者でもあった賢治の特徴が、あるいは「それぞれの心もちをそのとほり科学的に記載して置きました(53)」とかれ自身がいう『春と修羅』そのものの特色が、よくあらわれているといえるかもしれない。

【6】
すべてこれらの命題は
心象や時間それ自身の性質として
第四次延長のなかで主張されます

「第四次延長」――物理学や哲学さらには宗教などと関連づけられて、さまざまな解釈がなされているようだが、「延長」を、デカルト（René Descartes, 1596-1650）にならって、「ながさ、ひろさ、ふかさ」（longueur, largeur, profondeur）というみっつの契機においてとらえるとすれば(54)、「第四次延長」とは、もうひとつそれ以外の契機――おそらくは時間的な契機――を含んだものと考えることも可能だろう。その場合、一般的にいわれる「四次元」とほぼ同義のものととらえることも可能だし、そこから理論物理学や「銀河鉄道の夜」などと関係づけることも、たしかにできるだろうが、ここでは、「序」全体のコンテクストからみて、現象としてのわたくしの意識に映じた世界、パンタスマ的世界――物理的、因果的そして理念的などの法則による枠組を超越して戯れる、カオス的な世界――ととらえておく。「序」がここまで論じてきた、あるいは『春と修羅』全体がその「科学的記述」であった命題、つまりは心象と時間に関する命題は、すべて「第四次延長のなかで主張される」――心象そのもの、パンタスマ的な世界のなかで主張される。論議の対象と論議の枠組がともに「心象」であることを、この結句は意味しているのだろうか。かりにそうだとすれば、「序」は、そして『春と修羅』も、一種の循環する構造をもつというべきだが、そのことは、いったいなにを意味しているのだろうか。

つぎのように考えることができるかもしれない――この結句は、そしてそれをふくむ「序」の全体は、『春と修羅』が、心象や時間などの問題についての、それまでの認識の枠組を超えた独自の枠組、現象＝パンタスマの枠組における検討であることを、あるいは、心象＝イメージへの反省とそのスケッチのくわだてをとおして、世界ないし認識の枠組にたいする根源的な問いかけであることを、あきらかにしようとしているのではないか。『春と修羅』は「歴史や宗教の位置を全く変換しよう」[55]としたものだという賢治のことばが、たんなる修辞でないことは、「序」の、あるいはこの詩集そのものの循環する構造——既存の枠組にたいする完全な自律——が証しているのではないだろうか。

おわりに

「序」第一節の冒頭から、第四節の最後にいたるまで、ひたすらことばをたどっただけのこのテクストは、とうぜん特別の結論というものをもたない。ただひとついえることは、この「序」が、たしかに一編の詩としてとらえられるにしても、その一方では、序というものに共通する枠組からの制約をまぬがれていないということだ。たとえば、宮澤賢治自身による「わたくし」の現象としての規定であり、間接的には詩人についての反省ともいうべき第一節、「心象」をそれとしてたもつこと、つまりは「詩」を書くことについて述べた第二節、心象ないし心象スケッチ（詩）のありかたについての省察ともみられる第三節、そして、時間のなかでの心象スケッチ（詩）のありかたについて述べている第四節という全体の構成は、感性的ないしイメージ的というよりは、むしろ論理的、説明的でさえあり、そのためもあって、賢治の詩に特有の連綿としたイメージのつらなり、ゆたかな律動が、そこではややうすれているように感じられる。逆にいえば、いやだからこそ、『春と修羅』のあとに書かれ、そのまえにおかれた「序」は、この詩集全体の特徴をあきらかにしているのだろう。

補説1

北への旅は、たしかに校務という一面をもっていたかもしれないが、しかしそれはまた、そのときの賢治の内面の要請にもとづいた、むしろ必然的なものだったのではないだろうか。

　カナダのピアニスト、グレン・グールド（Glenn Gould, 1932-1982）は、「北」（the north）について、つぎのように語っているが――「でもこれは――たとえばマンハッタンのまっただなかにあっても――隔絶したしかたで生きることを選ぶひとであれば、だれについてもただしいことだと思います。実際上の緯度が重要な契機だとは、まったく考えていません。わたくしは〈北〉を手ごろな譬喩として選んだのです。北は、ときには、それ以外には逃げ道のないある状況から、ひとびとが逃れるための手助けとなりうるのではないでしょうか[56]」――、賢治にとっても、「北」

はおなじような意味をもっていたのかもしれない。たとえば

〔……〕
われらが上方とよぶその不可思議な方角へ
それがそのやうであることにおどろきながら
大循環の風よりもさはやかにのぼつて行つた
わたくしはその跡をさへたづねることができる
〔……〕

「青森挽歌(57)」

「その跡をたづねる」旅が、とし子の所在（よそ）をもとめての、「北」にむかう旅であることはあきらかだろう。

もうひとつ、東北地方のひとびとの意識のはるか下方にひそんでいただろう、「北」にたいする特別なおもいについても、考える必要があるかもしれない。ふるくから「夷狄」「蝦夷」あるいは「俘囚」とさげすまれ、中央権力による「討伐」の対象となったひとびと、圧倒的な軍事力にたいする抵抗もむなしく、北へ北へと敗走せざるをえなかったひとびとについての、あれこれの記憶が、重なりあい、解けあい、やがて表面からはそのすがたを消しながらも、なおひとびと

の意識の奥底に、かすかに残りつづけたということはないだろうか。かつての東北のひとびとにとって、「北」は、「いま、ここ」から逃れゆく（追われゆく）方位であるとともに、権力の支配を脱し、自由に生きる可能性をもった「よそ」でありつづけたのではないだろうか——源義経が、衣川の戦いに敗死することなく、「北」のどこかで生きながらえていたという伝説も、このことに由来するのかもしれない。そしてその記憶は、意識のはるか下層にあって、ながいあいだ、あるいはいまにいたるまで、たもちつづけられているのかもしれない。かつての東北のひとびとにとっても、「北」は、たしかに「それ以外には逃げ道のないある状況から、ひとびとが逃れるため」の可能な場所だったのかもしれない。[58]

補説2

大正期には、サラダ菜などの生野菜をつかったいわゆるグリーン・サラダは、まだ一般的ではなく、蒸した野菜をマヨネーズソースであえたもの——たとえばポテト・サラダなど——が主だったとされていること、またターナーが黄色を好み、緑色をむしろきらっていたといわれることなどから、こう推量した。またこの詩（『不貪慾戒』）のなかの「萱の穂」が、季語としては「秋」であること、さらにはつぎのような詩句があること

江釣子森の脚から半里
荒さんで甘い乱積雲の風の底
稔った稲や赤い萱穂の波のなか
そこに鍋倉上組合の
けらを装った年よりたちが
けさあつまって待ってゐる
〔……〕

などからみて

〔……〕
粗剛なオリザサチバといふ植物の人工群落が
タアナアさへもほしがりさうな
上等のさらどの色になつてゐる
〔……〕

「秋[59]」

というこの「色」は、むしろ秋の稲田――「オリザサチバの人工群落」――の色とみるべきではないだろうか。この詩が書かれた――あるいはスケッチされた心象が生じた――八月末（一九二三、八、二八）は、岩手県中部地方では、季節はすでに秋にはいっている――「お盆（月おくれのお盆）がすぎると秋風がたつ」、わたくしは、こどものころから、そう聞かされて育った。さらにいえば、「オリザサチバという植物の人工群落が……さらどの色になってゐる」という詩句も、夏のおわり、秋のはじまりとともに、稲田の色が黄ばんできたことにふと気づいたことを語っているのではないだろうか。とりたてていうほどのことではないかもしれないが、わたくしには、このように感じられる。「タアナアさえもほしがりそうな」色は、あおあおとした稲田の色ではなく、黄ばみはじめた稲田の色こそがふさわしいのではないだろうか。

夏から秋にうつろう時期に、夏の強い日差しのもとであざやかなみどりをみせていた田圃の稲が黄ばんでゆく、そのいろ、そして「暗い山に防火線のひらめく灰いろ」が、不貪欲戒の要請する、あらゆる欲望から解放された境地を、賢治に思いおこさせたのだろうか。

補説3

森佐一（一九〇七～一九九九）は、盛岡中学での賢治の後輩にあたり、森荘已池の筆名で書いた『山畠』と『蛾と笹舟』（一九四三年）で直木賞を受賞しているが、数おおくの書簡をやりとりするなど、賢治と親密な関係にあった。その親密な関係は、たとえば『校本全集　第十四巻』の「年譜」一九三一（昭和六）年二月の項に「森佐一の長女千砂（一月九日生）の誕生を祝い、お産見舞にメリンスのチャンチャンコとピンクのネル一反を届ける」と記載されていることや、つぎにあげる詩に実名で登場することなどからも、うかがえるのではないだろうか。

〔……〕
佐一が向ふに中学生の制服で
たぶんはしゃっぽも顔へかぶせ
灌木藪をすかして射す
キネオラマ的ひかりのなかに
夜通しあるいたつかれのため
情操青く透明らしい
〔……〕

「春谷暁臥」（一九二五、五、一一）[60]

ちなみに、賢治がはじめて佐一に会ったと考えられる一九二五（大正十四）年三月当時、佐一は盛岡中学の四年生だった。[61]また同年五月十日、賢治は佐一を誘い、食パン一本を買い求めたあと、小岩井をへて岩手山にむかい、夜の山道を歩いたのち、岩手山神社柳沢社務所の小屋で仮眠をとり、翌十一日、「朝パンをちぎって食べ、高原と谷間を歩き、焼走溶岩流を見、また残ったパンを食べ、大更を経て汽車で好摩へむかった」という。[62]

II 『春と修羅　第二集』の「序」

この一巻は
わたくしが岩手県花巻の
農学校につとめて居りました四年のうちの
終りの二年の手記から集めたものでございます
この四ヶ年はわたくしにとって
じつに愉快な明るいものでありました
先輩たち無意識なサラリーマンスユニオンが
近代文明の勃興以来
或ひは多少ペテンもあったではありませうが

とにかく巨きな効果を示し
絶えざる努力と結束で
穫得しましたその結果
わたくしは毎日わづか二時間乃至四時間のあかるい授業と
二時間ぐらゐの軽い実習をもって
わたくしにとっては相当の量の俸給を保証されて居りまして
近距離の汽車にも自由に乗れ
ゴム靴や荒い縞のシャツなども可成に自由に撰択し
すきな子供らにはごちさうもやれる
さういふ安固な待遇を得て居りました
しかしながらそのうちに
わたくしはだんだんそれになれて
みんながもってゐる着物の枚数や
毎食とれる蛋白質の量などを多少夥剰に計算したかの嫌ひがあります
そこでたゞいまこのぼろぼろに戻って見れば
いさゝか湯漬けのオペラ役者の気もしまするが

またなかなかになつかしいので
まづは友人藤原嘉藤治
菊池武雄などの勧めるまゝに
この一巻をもいちどみなさまのお目通りまで捧げます
たしかに捧げはしまするが
今度もたぶんこの出版のお方は
多分のご損をなさるだらうと思ひます
そこでまことにぶしつけながら
わたくしの敬愛するパトロン諸氏は
手紙や雑誌をお送りくだされたり
何かにいろいろお書きくださることは
気取ったやうではございますが
何とか願ひ下げいたしたいと存じます
わたくしはどこまでも孤独を愛し
熱く湿った感情を嫌ひますので
もし万一にもわたくしにもっと仕事をご期待なさるお方は

同人になれと云ったり
原稿のさいそくや集金郵便をお差し向けになったり
わたくしを苦しませぬやうおねがひしたいと存じます
けだしわたくしはいかにもけちなものではありますが
自分の畑も耕せば
冬はあちこちに南京ぶくろをぶらさげた水稲肥料の設計事務所も出して居りまして
おれたちは大いにやらう約束しやうなどいふことよりは
も少し下等な仕事で頭がいっぱいなのでございますから
さう申したとて別に何でもありませぬ
北上川が一ぺん氾濫しますると
百万疋の鼠が死ぬのでございますが
その鼠らがみんなやっぱりわたくしみたいな云ひ方を
生きてるうちは毎日いたして居りますのでございます(1)

この「序」は、日付も署名も欠いており、しかも賢治の没後に、その「下書稿」が「反古紙の中から」発見されたものであって、その点では、刊行された『春と修羅』の冒頭におかれ、しかも日付と署名をもった「序」——便宜上、以下「第一集・序」と表記する——と同等の位置にあるとはいえない。とはいえ、この「下書稿」が、『春と修羅　第二集』として刊行されるはずの——そのように構想された——「詩集」の「序」として書かれたものであることは、その「序」というタイトルから、そして、なによりもその記述そのものから、あきらかだといえるようだ。
特異なことばのつらなりと、イメージの奔放な戯れのゆえに、容易には読み解きがたい「第一集・序」とはちがって、「丁寧語」をつらねたその記述は、一見したところきわめて平明であり、あらためて解読する必要はないとも思われるが、とりあえず全体をいくつかの部分——「読み」の単位とでもいうべきもの——に分け、それぞれのことばをひとつずつたどってみよう。

この一巻は／わたくしが岩手県花巻の／農学校につとめて居りました四年のうちの／終りの二年の手記から集めたものでございます

賢治の生前に、『春と修羅　第二集』の完成稿がつくられることは、結局なかったにしても、かれがこの時期——一九二四（大正十三）年〜一九二五（大正十四）年——に書かれた詩を、『第二集』としてまとめる意図をもっていたことには、疑問の余地がないようだ。(3) また賢治は、一九二一（大正十）年十二月、岩手県稗貫《ひえぬき》郡立稗貫農学校──一九二三（大正十二）年四月一日をもって岩手県に移管され、岩手県立花巻農学校となった──に教諭として奉職、一九二六（大正十五）年三月末日に、同校を依願退職しており、実質的な勤務期間はたしかに四年といえるだろう。(4) なお『第二集』の最初の詩（「空明と傷痍」）の日付は一九二四年二月二十日、最後の詩（「岩手軽便鉄道」）の日付は一九二六年一月十七日である。

「わたくし」を主語とし、その「わたくし」が「現象」であることの確認ないし宣言ともいうべき、つよい、そして高揚した気分をもった「第一集・序」の冒頭にたいして、「第二集・序」の冒頭は、「この一巻」を主語とし、そのなりたちについて、淡々と──なんの衒いもなく──語っており、そのことばも、きわめて平明であって、特別の説明を必要としないようだ。「第一集・序」が、全体として、「わたくし」の現象としての規定あるいは詩人についての反省（第一節）、「詩」を書くことの意義の検討（第二節）、心象スケッチのありかたについての省察（第三節）、そして時間のなかでの心象スケッチのありかたについての記述（第四節）であり、ことばは容易にはとらえがたく、その調子も──とくに「第一節」と「第二節」において──きびしいのにたいして、「第二集・序」は、「この一巻」に集められた詩が書かれた時期、そしてそれが刊行されるにいたる事情や想定される読者──詩集の購入者──にたいする要望、そしていまの

「わたくし」のありかたなどについて、おだやかに、ある意味では客観的に、そしていくぶんか諧謔的に――見かたによっては自虐的とさえいえるような調子で――語っているといえるだろう。
さらにいえば、「第一集・序」が、おおむねひとつの「詩（作品）」として自律しているのにたいして、「第二集・序」は、その全体はむしろ散文的であり――もっとも、賢治の文章に特有の律動が感じられなくもないのだが――、ひとつの「詩（作品）」として自律しているとはいいがたいのではないだろうか。また、『春と修羅』（本文）のあとに書かれ、そのはじめにおかれた「序」が、「本文」にたいする一種の説明であるとともに、「本文」そのものからその内実をあたえられているのにたいして、「第二集・序」は、「本文」の成立についての説明ではあっても、「本文」から「詩」としての内実をあたえられ、あるいはそれとして規定されることは、ほとんどないといえるだろう。さきにこの「序」が「詩（作品）」として自律しているとはいいがたいと述べたのは、このような理由にもとづく。これらのことは、この「序」が、「第一集・序」とはまったくことなったしかたで読まれるべきことを示唆している。

この四ヶ年はわたくしにとって／じつに愉快な明るいものでありました

「この四ヶ年」が、賢治が花巻農学校とその前身である稗貫農学校に勤務していた年月をさすことは、上述したとおりであり、また賢治が生徒との生活によろこびをみいだしていたことは、かれに教わったひとびとの証言などからも、たしかなことのように思われる。とはいえ、一九二二（大正十一）年は、その十一月に最愛の妹とし子（トシ）が亡くなった年であり、「この四ヶ年」が「じつに愉快な明るい」だけのものだったとは考えられないのだが、あえてこのように述べたのは、教師として生きることに十分の意義を見出し、生徒らとの生活を楽しんでいたからだ、そう読み解くこともできるかもしれない。しかしわたくしは、このことばから、いくぶんか屈折したニュアンスを感じてしまうのだが、それはたんなる偏見にすぎないのだろうか。この二行につづく十数行ほど――「先輩たち無意識なサラリーマンスユニオンが〔……〕さういふ安固な待遇を得て居りました」――は、この年月が「じつに愉快な明るいもの」だったことの理由をのべたものとみることができるのだが、その調子は、あきらかアイロニカルであり、自虐的でさえあって、それとの関係でとらえるとき、「じつに愉快な明るい」という表現は、むしろ必要以上にことがらを強調しているように感じられ、それゆえにかえって否定的ないろあいをすら帯びるのではないだろうか。

わたくしは毎日わづか二時間乃至四時間のあかるい授業と／二時間ぐらゐの軽い実習をもって／〔……〕／さういふ安固な待遇を得て居りました

毎日わずか四時間ないし六時間の、あかるくかるい仕事、その対極には、朝は暗いうちから夜はおそくまではたらきづめの農民の、くらくおもい仕事が暗示的にしめされてはいないだろうか。そのような仕事がもたらした「安固な待遇」にたいする、農民の貧しく不安定な収入。いずれにしても、そのような「愉快であかるい」「安固な」生活は、結局は「先輩たち無意識なサラリーマンスユニオンが／〔……〕／絶えざる努力と結束で／獲得しましたその結果」にほかならない。

ところで「サラリーマン」（salaryman）は、いわゆる和製英語であり、それに対応する英語は、おそらく"office worker"だと考えられるから、「サラリーマンスユニオン」（salarymans union）は"office workers union"（事務労働者組合）に相当するといえるだろう。いずれにしても、自分がえていた「安固な待遇」は、労働組合の活動がもたらしたものだ、そう「序」は語っていることになる。賢治が「労農党（労働農民党）」にある親近感をいだき、その活動をひそかに支援していたことについては、かれにちかいおおくのひとの証言があり、そのことからいえば、かれが労働組合運動を肯定的に評価していたとしても、けっして不思議ではない（→補説1）。

しかしなぜ「無意識なサラリーマンスユニオン」といわれているのだろう。当時、なお未成熟の状態にあり、また権力による弾圧の対象になっていたこの国の労働組合が、その活動をとおして実際に「安固な」待遇を獲得できたかどうかは疑問だし、むしろありえなかったと考えたほうがよいかもしれない。ここでいわれている「サラリーマンスユニオン」とは、おそらく、しかるべく組織され、明確な意図をもって活動する（本来の）労働組合とはことなったものではないだろうか。「先輩たち」——字義どおりにとれば、賢治にとって先輩にあたる教員をさすのだろうが、ここではひろくサラリーマン（俸給生活者）全般をさすととらえたほうがよいだろう。教員をふくめたいろいろな職域のサラリーマンたちの、それとして意識されることのない、しかしなんらかの共通性をもった、というよりはおそらくほぼ画一的な日々のしごとのなかで、おのずから——無意識的、慣習的に——かたちづくられるだろうむすびつき（ユニオン）、「無意識なサラリーマンスユニオン」とは、簡単にいえば、反復される同類の行為が、慣習的に蓄積することによってかたちづくられた、おそらくは自分らの利害を中心にした、ある種閉鎖的でしかもいくぶんか特権的な、サラリーマンたちの制度的なむすびつきを指すのかもしれない。

近代文明の勃興以来／或ひは多少ペテンもあったではありませうが

本来の、あるべき労働組合であれば、多少とはいえペテンはゆるされない、というよりはあるまじきことではないだろうか。あるいはここでの「ペテン」は、むしろ、仲間うちのつながりが、自分らの利益のためにおこなう、ある種の駆け引きやみせかけを意味するものととるべきなのだろうか。あるいは結成以来、派閥争いと分裂をくりかえしていたこの国の労働運動のありかたを、こう表現したともとれるだろう。もちろんこれらの表現を、当時しばしば弾圧や禁止の対象になっていた労働組合ないし労働運動に言及するにあたって、賢治がしめした一種の韜晦ととることも不可能ではない。しかし、「ユニオン」をどのようにとらえるにしても、それが「近代文明の勃興以来」――かなりお大げさな表現だが、端的にいえば、産業革命と資本主義の成立以降――の歴史のうごきのなかで、あるひとびとによって、なんらかの目的のために、なんらかのしかたでつくり出され、しだいにおおくのひとびとをそのなかに包摂し、ひとびとに利益をもたらすとともに、やがては制約的に作用するにいたったもの、一言でいえばある種の「制度」であることは否定できないのではないだろうか。

「この四ヶ年」の「じつに愉快な明るい」生活は、賢治自身の意図と努力によってもたらされたものではなく、じつはひとつの「制度」のなかに身をおき、その制約を受けいれることによって、ようやく可能になったものではなかったか。もしそうだとすれば、この生活は、賢治がかつて岩波茂雄あての書簡で述べていた「歴史やその論料、われわれの感ずるそのほかの空間といふやうなことについてどうもおかしな感じやうがしてたまりませんでした[5]」という、歴史的、社会的な現実にたいする疎外感とでもいえるような感懐とは、およそ無縁のものというべきではないだろうか。あるいはまた、現実を肯定することができず、といってあるべき世界にはいることもできず、いわれのない怒りにとりつかれながら、「四月の気層のひかりの底を／唾《つばき》し　はぎしりゆきする[6]」修羅のそれとも、まったくことなったものではないだろうか。

近距離の汽車にも自由に乗れ／ゴム靴や荒い縞のシャツなども可成に自由に撰択し／すきな子供らにはごちさうもやれる／さういふ安固な待遇を得て居りました

「近距離の汽車」――あるいは賢治がしばしば利用した、花巻と遠野や仙人峠をむすぶ「岩手軽便鉄道」の、あるいは盛岡あたりへの「東北本線」の汽車などを意味するのだろうか。『校本全集』の「年譜」よれば、賢治はしばしば盛岡をおとずれ、また農学校の生徒らと岩手山登山をおこない、さらには仙人峠をへて三陸海岸方面にまで足をのばしているが、それらの小旅行はすべて「近距離の汽車」を利用したにちがいない。つけくわえれば、賢治が、当時としてはむしろおどろくほど頻繁に、鉄道を利用して旅行をしていたことは、「年譜」などからうかがうことができ、「汽車にも自由に乗れ」ることは、かれにとっておおきな恩恵だったにちがいない――ついでにいうなら、土地にしばりつけられている農民にとって、汽車の旅はほぼ無縁のものだったのではないだろうか。

「ゴム靴」――童話「蛙のゴム靴[7]」では、三匹の蛙が、

料金受取人払郵便

小石川局承認

5361

差出有効期間
平成29年9月
24日まで
(切手不要)

郵便はがき

112-8790

083

東京都文京区小石川2-10-1

水声社 行

御氏名(ふりがな)	性別 男・女	年齢 才
御住所(郵便番号)		
御職業	御専攻	
御購読の新聞・雑誌等		
御買上書店名	書店	県 市 区　町

読　者　カ　ー　ド

この度は小社刊行書籍をお買い求めいただきありがとうございました。この読者カードは、小社刊行の関係書籍のご案内等の資料として活用させていただきますので、よろしくお願い致します。

お求めの本のタイトル

お求めの動機

1. 新聞・雑誌等の広告をみて（掲載紙誌名　　　　　　　　　　　　　　）
2. 書評を読んで（掲載紙誌名　　　　　　　　　　　　　　）
3. 書店で実物をみて　　　　　　4. 人にすすめられて
5. ダイレクトメールを読んで　　　　　　6. その他（　　　　　　　　）

本書についてのご感想（内容、造本等）、今後の小社刊行物についての
ご希望、編集部へのご意見、その他

小社の本はお近くの書店でご注文下さい。お近くに書店がない場合は、以下の要領で直接小社にお申し込み下さい。

◎

直接購入は前金制です。電話かFaxで在庫の有無と荷造送料をご確認の上、本の定価と送料の合計額を郵便振替で小社にお送り下さい。ご注文の本は振替到着から一週間前後でお客様のお手元にお届けします。

TEL：03（3818）6040　FAX：03（3818）2437

「この頃、ヘロンの方ではゴム靴がはやるね。」ヘロンといふのは蛙語です。人間といふことです。

「うん。よくみんなはいているやうだね。」

「僕たちもほしいもんだな。」


といった会話をかわし、そのなかの一匹カン蛙が、なんとかゴム靴を手にいれて、他の二匹、ベン蛙とブン蛙をうらやましがらせるというできごとが語られているが、そのことは、ゴム靴が、当時の――大正の末から昭和の初めにかけての――岩手の農民や一般のひとびとにとっては、「可成に自由に」は手にいれることができなかったことを反映しているのかもしれない。

「荒い縞のシャツ」――童話「ポラーノの広場(8)」では、「山猫博士デトゥパーゴ」が、「黄いろの縞のシャツと赤皮の上着」を着ているのだが、その「山猫博士」は「名誉ある県会議員」ということになっており、そのことから、「縞のシャツ」が一部の特権的な、あるいは裕福なひとびとによって愛用されていることを示唆しているとみることも可能だろう。

こうして、これらのものを「可成に自由に撰択」できる生活とは、あるかぎられた制度の枠組内にいるひとびとにのみ可能なものであって、一般のひとびと、とくに農民の生活とは、かけはなれた、その意味では特権的なものだったにちがいない。こうした特権の享受によって可能になったのが、「じつに愉快な明るい」「安固な」生活だったのではないだろうか。

しかしながらそのうちに／わたくしはだんだんそれになれて／みんながもってゐる着物の枚数や／毎食とれる蛋白質の量などを多少夥剰に計算したかの嫌ひがあります

しかしいつともなくそのような生活になれてしまい、とくに「愉快な明るいもの」と感じることもなくなったというのだろうか。ここでの「みんな」は、わたくしとおなじような制度――「サラリーマンスユニオン」――の枠組のなかでくらしているひとびとをさすのだろうか。いずれにしても、自分とおなじ制度のなかで生きているひとびとがもっているだろう、着物の数や蛋白質の量を、実際よりは多少おおめに評価していたきらいがある、つまり、わたくしもふくめた「みんな」の生活を、必要以上に、あるいは実際以上にゆたかな、上質のものととらえていた傾向があるというのだが、そのことは、そのような生活が、実際にはそれほどゆたかなものではないことに、さらにいうなら、そのようなゆたかさが、たんに表面的、物質的なものにすぎず、本当のゆたかさとはまったくことなったものであることに、しだいに気づいていったことを意味するのではないだろうか。直接的にではないにしても、このことばもまた、四年間の「愉快で明るい」生活が、賢治自身にとって本来のものではないこと、むしろ不本意なものであることを語り、それとともに、そこからの脱出と本来の生活への回帰の思いをほのめかしているのかもしれない。

そこでたゞいまこのぼろぼろに戻って見れば／いさゝか湯漬けのオペラ役者の気もしまするが／またなかなかになつかしいので

「このぼろぼろ」――「ぼろぼろ」という語は、一般的には「もろい」「くずれやすい」「くずれたありさま」などの意味をもっているが、「この」という連体詞によって、ある特殊な（特別な）意味に規定されているのではないだろうか。「このぼろぼろ」とは、ついさきごろまで暮らしていた、「サラリーマンスユニオン」のような制度によって保証された、「安固」で「愉快な明るい」世界やそこでの生活とはことなった、というよりむしろその対極にあるもの、べつにいえば、おそらくは賢治が、疎外感をいだきながら、歯ぎしりして生きていた現実の世界であり、あるいは、教師といういわば知的なエリートとはことなった、ごく一般的なひとびと――労働者や農民など――が生きている、いかなる保証もなく、不安定な、くずれやすい（ぼろぼろの）世界ではないだろうか。なお有髪の乞食《こつじき》僧のひとつである「梵論《ぼろ》」を「ぼろぼろ」ということがあるとのことだから、[9]「ぼろぼろに戻る」を、制度の庇護下にあって「愉快な明るい」生活をおくる以前の、托鉢しながら道をもとめる修行僧のような、かつての自分の生活にもどることを意味するとみることも、あながちに不可能ではないし、さきの解釈と矛盾もしないだろうが、特別の根拠があるわけではなく、あるいは解釈のしすぎなのかもしれない。なお「ぼろぼろ」から派生したとされる「ぼろ」――ぼろぼろの衣服、つぎはぎだらけの衣服――は、東北地方北部ではとくに「野良着」を意味するというし、また古着（ぼろ）を材料にして織る「刺し子」も、津軽から南部地方にかけて、おもに農家で用いられていたから、「ぼろぼろ」は、とくに農民の生きている世界をさしているのかもしれない。

「湯漬け」――とらえがたいことばだが、「湯漬け」とは、炊きたてのご飯ではなく、冷えてしまったご飯（冷や飯）にお湯をかけて温めなおしたもの、したがってなまぬるく、米粒もいくぶんかふやけているものをさすのだから、そのことからイメージすればよいのかもしれない――なまぬるく、どっちつかずの、中途半端な、しまりのない、まのびのした、あるいは、二番煎じ、など。

「オペラ役者」――やや唐突な感じもするが、『春と修羅』に「東岩手火山」という詩があり、そこに「オペラの役者」ということばがみられるので、とりあえずその部分を引用してみよう。

〔……〕

雲の海のはてはだんだん平らになる
それは一つの雲平線《うんぴやうせん》をつくるのだ
雲平線をつくるのだといふのは
月のひかりのひだりから
みぎへすばやく擦過した
一つの夜の幻覚だ
いま火口原の中に
一点しろく光《ひか》るもの
わたくしを呼んでゐる呼んでゐるのか
私は気圏オペラの役者です
鉛筆のさやは光り
速かに指の黒い影はうごき
唇を円くして立つてゐる私は
たしかに気圏オペラの役者です
〔……〕(10)

「東岩手火山」――西岩手火山とともに、岩手山を構成する成層火山の名称。[11]『春と修羅』の初版本では、この詩の日付は「一九二二年九月十八日」となっているが、「年譜」によれば、賢治は、九月十七日から十八日にかけて、農学校の生徒五、六人を引率して、岩手山に登山している。[12]このことからすれば、「私＝気圏オペラの役者」は、農学校教師時代の賢治をさすことになるだろう。生徒たちと岩手山の火口をめぐりながら、「オリオン　金牛　もろもろの星座[13]」の星々を見あげ、「夜の幻覚」のなかで、わたくしを呼んでいる「一点しろく光るもの」に、おそらくは高揚した気分にひたりながら、たからかにこたえようとする自分を、「気圏オペラの役者」と称したのだろうか。そうだとすれば「オペラ役者」は、ある意味ではもっとも充実した、幸福な生活をおくっていた賢治そのひとをさしている、そうみることもできるかもしれない。しかしそのような高揚した気分をうしない、安固な生活になれてしまったことへの反省から、あえて「このぼろぼろ」にもどり、たとえ二番煎じでしかないにしても、あの高揚した気分をとりもどそうとする自分、あえていうなら、もう一度詩人＝現象にたちかえろうとしている自分を、あるいは「湯漬けのオペラ役者」とみなしたのだろうか。

ついでにいえば、この詩の「鉛筆のさやは光り／速やかに指の黒い影はうごき」という詩句は、そのときの印象（心象）をすばやく書きとめよう（スケッチしよう）とする詩人＝賢治を暗示しているのかもしれない。星空を背景に、標高二〇〇〇メートル余の頂きにたちながら、あふれ出る心象を書きとめようとする賢治のすがたは、たしかに、たからかにアリアを歌いあげるオペラ歌手のイメージとかさなるのではないだろうか。

「またなかなかになつかしいので」――もどってきた「ぼろぼろ」の世界が、かつての、おそらくは安固な生活になれるまえの生活のさまざまなことを、こころよく思いださせてくれるのだろうか、『春と修羅』の刊行にまつわるあれこれのことも、そこには含まれているのかもしれない。あるいはこの「なつかしさ」は、ひたすらに現象であることを、詩人であることをめざしていた、かつての自分にたいする想いなのかもしれない。

まづは友人藤原嘉藤治／菊池武雄などの勧めるまゝに／この一巻をもいちどみなさまのお目通りまで捧げます

ひさしぶりにもどった生活（「このぼろぼろ」）が、思いのほかなつかしさを感じさせるので、とりあえず藤原嘉藤治（一八九六―一九七七）――音楽家、詩人、賢治の音楽的な知識はかれに負うところがおおい――や、菊池武雄（一八九四―一九七四）――画家、『注文の多い料理店』の装幀をおこなう――などの友人の勧めにしたがって、「この一巻」――『春と修羅　第二集』

——を『春と修羅』につづいて刊行することにした、ということばは、『第二集』の刊行が、かならずしも自分の意志のみにもとづくものではないことを語っているといえるだろう。もっとも、このことばを字義どおりにとる必要はないかもしれない、というのも、ほぼ無視され、そしてほとんど売れることのなかった『春と修羅』につづいて、その『第二集』の刊行をくわだてることにたいする、いくぶんか言い訳じみたみぶりが、このことばから感じられるのだから。「詩集」の刊行の意図を、ひとつの「詩論」(l'art poétique)とでもいうべきかたちをとりながら、明確に、ある意味では決然と述べている「第一集・序」とは、あまりにもちがいはしないだろうか。

たしかに捧げはしまするが/今度もたぶんこの出版のお方は/多分のご損をなさるだらうと思ひます/そこでまことにぶしつけながら/わたくしの敬愛するパトロン諸氏は

賢治自身が岩波茂雄や森佐一などにあてた書簡で述べているように、『春と修羅』は自費出版だったから、通常の意味で出版者が「損をする」ことはないはずだし、そのことからいえば、「今度も出版のお方はご損をなさる」だろうとは、厳密にはいえないことだろうが、出版を勧めたふたりの友人が、特定の出版者を想定していたこともありうるだろうし、そのことが賢治にも伝わっていたとみることもできるかもしれない。あるいはこのことには、『注文の多い料理店』

刊行時の事情が反映しているとみることもできるだろう。[14] いずれにしても、そのような、ある意味では奇特な出版者の、おそらくは避けられないだろう損失を、すこしでも減らすためには、詩集を手にとり、一冊を購ってくれるひとびと――賢治の「読者」とでもいうべきひとびと――は、たしかに「敬愛するパトロン諸氏」というにあたいするのだろう。岩波茂雄あての書簡には「今度は別紙のような謄写刷で自分で一冊こさえます。いゝ紙をつかってじぶんですきなやうに綴じそれでもやっぱり読んでくれる人もあるかと考へます」とあり、「鳥の遷移」――『春と修羅第二集』所収（二七、一九二四、六、廿一）――の謄写刷が同封されていたという。[15] このことから、賢治が『第二集』の謄写刷による自費出版を考えていたとみることができるが、なんらかの事情でそれを断念せざるをえなかったために、ある意味ではやむをえず友人らの勧めにしたがったのかもしれず、あるいはそのような事情が、こうした、いくぶんか屈折した表現を生んでいるのかもしれない。なお「この出版のお方」を、自費出版する賢治自身のアイロニカルな表現とみることもできるだろうが、その場合でも全体の意味に変化はない。

手紙や雑誌をお送りくだされたり／何かにいろいろお書きくださることは／気取ったやうではございますが／何とか願ひ下げいたしたいと存じます／わたくしはどこまでも孤独を愛し／熱く湿った感情を嫌ひますので／もし万一にもわたくしにもっと仕事をご期待なさるお方

は／同人になれと云ったり／原稿のさいそくや集金郵便をお差し向けになったり／わたくしを苦しませぬやうおねがひしたいと存じます

へりくだった口調ではあるが、「パトロン諸氏」にたいしてさまざまな――こまごまとした――注文をつけている。『春と修羅』刊行のあと、しだいに詩人としてみとめられるようになり、それとともに、おそらくは賢治自身予想もしなかったような事態が生じたのだろう。手紙や雑誌などの寄贈は、ある意味では「読む」ことの強要でもあり、「集金郵便」とは、郵便局が、依頼者にかわって、郵便受取人から金銭を徴収するものというから、ある意味では購入や寄付の強請ともいえ、賢治にとっては、いずれもきわめてわずらわしいことだったにちがいない。「歴史や宗教の位置を全く変換しやう[16]」という意図のもとに書かれた『春と修羅』が、期待したような反響をよぶことはほとんどなく、むしろ意図に反して「詩」としてしだいに評価されるようになったことにたいする、不満や反撥があったのかもしれない。読者の増加と評価の上昇がもたらした思いがけない状況が、作者と読者のあいだの純粋な、個人としての関係ではなく、さまざまな思惑や利害などをともなった、不特定多数のひとびととの不本意な関係をうんだのだろう。

ものを書き、しかもそれを印刷し、さらに刊行することは、意図するとしないとにかかわらず、編集者、出版者、印刷者、取次店、小売店（本屋）、読者、批評家、同業者（作者、同人）などなど、多様なひとびとや組織との錯綜した――「文学的制度」[17]とでもよぶべき――関係に組みこまれ、それからなんらかの利益をえるとともに、ある制約を蒙ることにほかならない。詩(文学)とはまったくことなったものとして、しかも自費で、『春と修羅』を刊行したときの賢治にとって、このような事態はまったく想定外のものだったのではないだろうか。

「サラリーマンスユニオン」のような制度的な枠組から出て、「ぼろぼろ」に回帰したにもかかわらず、そのなつかしさのあまり、友人らの勧めるままに『第二集』を刊行しようとした賢治は、『第一集』刊行時の経験から、それがもたらすだろう――文学的制度からの――多様な制約を予測し、それからなんとしてでも逃れようとした、そう考えることはできないだろうか。「どこまでも孤独を愛」するとは、制度に組みこまれることの拒否といえるだろうし、「熱く湿った感情」とは、制度の枠組のなかに共存するひとびとのあいだの、奇妙な、しばしば非合理的なつながり――一種の連帯感とでもいうべきもの――をさすとみることもできるだろう。とはいえ、そのような連帯を、制度を拒否することは、結局は著書の刊行を断念すること、友人の勧めを拒否することにほかならず、そのことがかれをとまどわせているのかもしれない。謄写刷による自費出版は、ある意味ではそのようなジレンマから逃れる方策とも考えられるが、しかしそれとても、制度からの制約――不特定の読者や批評家などとの関係――を完全に免れることにはならない。

とすれば、残る可能な方策は、どのようなかたちでの「刊行」もおこなわず、ひたすら書くことに徹することだとも考えられるが、しかし「書く」ことは、おのずから――意識的にであれ、無意識的にであれ――「読まれる」ことを前提とするのではないだろうか。なぜなら「書く」ことは、たとえば「心象」のような、自己の内面にあるものを、「紙と鉱質インクをつらね」て客観化（スケッチ）すること――他者の意識にたいする現前にもたらすこと――にほかならず、そのことは、他者が「紙と鉱質インクをつらね」たもの（書かれたもの）から「心象」（内面的なもの）を読みとること――自己の意識にたいする現前にもたらすこと――を不可欠の前提としているのだから。「書くこと」、それは「いま、ここ」にたしかに存在する（現前する）のではないにしても、「いつか、どこか」に存在するだろう（不在の）読者にむけた行為であり、他者＝読者との関係を、なんらかのかたちでかたちづくることにほかならず、その関係（制度）からの制約は、結局はさけられないのではないだろうか。

あるいは、「わたくし（A）は、わたくし（B）のためにだけ書く」、そういうこともできるだろうが、この場合の「わたくし（B）」は、「わたくし（A）」がそのために書く「わたくし」、つまりは書くことの目的としての「わたくし」であり、「わたくし（A）」が書いたものを「読む」べきものとして措定された「わたくし」であって、あきらかに「わたくし（A）」とはべつの、その意味ではすでに他者にほかならないだろう。「書く」ことは、「書くわたくし（わたくし（A））」と「読むわたくし（わたくし（B））」への、「わたくし」（自我）の分裂を必然的にともなうということもできるだろう。たとえ「どこまでも孤独を愛し／熱く湿った感情を嫌ふ」としても、「敬愛するパトロン諸氏」――という不在の読者――に「わたくしを苦しませぬやう」にと懇願したとしても、書くことのもつ本質的な制約から完全に逃れることは、おそらくできない。

最終的な解決は、こうして、「書くこと」の断念以外にはないことになるが、はたしてそれは可能なのだろうか。「農学校につとめて居りました四年のうちの／終りの二年の手記から集めた」ものを、賢治が『春と修羅』とはまったくべつの詩集としてではなく、『春と修羅　第二集』として刊行しようとしていたことは、いくつかの資料があきらかにしているが、[18]このことは、さきに述べた意味での「詩法」としての「第一集・序」の規定が、『第二集』にもおよぶことを意味するのではないだろうか。すくなくとも『第二集』に収められた詩を書いていた賢治は、「第一集・序」で述べられていた「現象＝詩人」であり、まさに「書く」ひとにほかならなかったはずだ。なぜなら、「第二集・序」は、その刊行にいたる事情や「パトロン諸氏」にたいする要請などを語っているだけで、「第一集・序」のそれとはべつの、あたらしい「詩法」についてては、まったく語ってはいないのだから。

「私はあの無謀な「春と修羅」に於て、序文の考を主張し、歴史や宗教の位置を全く変換しやうと企画し、それを基骨としたさまざまの生活を発表して、誰かに見て貰ひたいと、愚かにも考へたのです。〔……〕私はあれを宗教家やいろいろの人たちに贈りました」[19]。『春と修羅』の刊行が、読まれることをねがった、読者をもとめてのものだったことは、このことばからもあきらかだろう。刊行当初は、適切に読まれることのすくないことを嘆いていたにせよ、しだいに読者が増え、詩としての評価もたかまってゆくのだが、それにつれてすこしずつ、そして知らずしらずのうちに「文学的制度」のなかに組みこまれ、想像もしなかったような制約を蒙るようになってゆく。賢治にとっては予想外の、不本意のものだったにちがいないが、しかしそれは、結局は「書く」ことが、とくに「詩」を書くことが、いわば必然的にもたらしたものでもあり、その意味ではある種の自己矛盾というべきものでもあった。

けだしわたくしはいかにもけちなものではありますが／自分の畑も耕せば／冬はあちこちに南京ぶくろをぶらさげた水稲肥料の設計事務所も出して居りまして／おれたちは大いにやらう約束しやうなどいふことよりは／も少し下等な仕事で頭がいっぱいなのでございますから／さう申したとて別に何でもありませぬ

一九二六（大正十五）年の三月に花巻農学校を退職した賢治は、宮澤家別宅の建物に居をかまえ、農作業をおこないながら、自給自足の生活をつづけていたが、その夏、農業に従事する若者らとともに、「羅須地人協会」を設立し、「農民芸術」について講義したり、肥料の設計を教えるなどしていた。[20] 農学校の生徒に農業を教えながら、みずからは「安固な」「サラリーマン」生活を送っていたことにたいする、反省ないし自責の念があったのかもしれない。その後各地で肥料設計の指導をしたり、肥料の研究をおこなったりしていたが、一九二九年暮れに、東北砕石工場の鈴木東蔵（一八九一〜一八九六）から石灰肥料に関する解説の執筆を求められたのをきっかけに、この工場との関係を深めてゆき、やがては経済的な援助をおこない、さらにはみずから肥料の販売のために、病いをおしてまで各地に出かけてゆくようになる。肥料にたいする賢治の熱意は、鈴木あての百通以上におよぶ書簡からもうかがわれるが、一九三三（昭和八）年（賢治の没年）八月四日付の書簡がその最後のものとなった――「この手紙をもって東北砕石工場との連絡は終ったと思われる」[21]。

「おれたちは大いにやらう約束しやう」――文学仲間（同人）のあいだの、結束の確認あるいは元気づけのことばともとれるが、そのようなことよりは「もすこし下等な仕事」とは、上述したようなさまざまな活動をさすのだろう。

ところでこの場合の「下等」は、通念的な「上等」にたいする否定的ないし反語的な表現ととらえるべきではないだろうか――おそらくそこには、身体的な労働とは無関係な「サラリー（俸給）」による生活、あるいは知識人階級（インテリゲンチャ）の生活にたいする批判が、それとともにかつての自分の「サラリーマン」生活にたいする、いくぶんかにがい反省がふくまれているのだろう。だから賢治にとって「もすこし下等な仕事」とは、じつは「もすこし上等な仕事」、おそらくは人間にとって本来的と思われる農業やそれに関連する仕事にほかならなかったのだろう。たとえ「パトロン諸氏」にたいして、いろいろ注文をつけたとしても、わたくしは「下等な仕事」である農業に従事する人間であり、もはや作者＝書くひとであることを放棄して、いまは「パトロン諸氏」とはべつの世界に住む人間なのだから、「パトロン諸氏」にとってはなんの意味ももたないだろうし、また礼を失したことにはならないだろう、そう述べていることになるが、これは、とらえかたによっては、一種の「ひらきなおり」とさえいえるのではないだろうか。そしてこの「ひらきなおり」は、さきに述べたような自己矛盾から脱するための、おそらく可能な唯一の方策だったのかもしれない。もちろんかれは「書くこと」を完全にやめたのではない――むしろやめることができなかっただろう。童話や詩の制作はつづけられていたが、「年譜」一九三一年の項をみると、かれが、東北砕石工場のために、字義どおりの東奔西走を、しかも病いをおしてまでつづけていたことがうかがわれる。あるいはかれは、「下等な」人間として、農民としてまず生き、そのうえでさらに書くことをくわだてようとしたのかもしれない。

おれたちはみな農民である　ずゐぶん忙がしく仕事もつらい
もっと明るく生き生きと生活をする道を見附けたい

このようなことばではじまる「農民芸術概論綱要」は、そのくわだての宣言ではないだろうか。くわしく論じる余裕がいまはないので、ここではとりあえずその一節を参考として引用する。

……何故われらの芸術がいま起らねばならないか……

曾つてわれらの師父たちは乏しいながら可成楽しく生きてゐた
そこには芸術も宗教もあった
いまわれらにはただ労働が　生存があるばかりである
宗教は疲れて近代科学に置換され然も科学は冷く暗い
芸術はいまわれらを離れ然もわびしく堕落した
いま宗教家芸術家とは真善若くは美を独占し販るものである
われらに購ふべき力もなく　又さるものを必要とせぬ
いまやわれらは新たに正しき道を行き　われらの美をば創らねばならぬ
芸術をもてあの灰色の労働を燃せ
ここにわれら不断の潔く楽しい創造がある

都人よ　来ってわれらに交れ　世界よ　他意なきわれらを容れよ[22]

「いまわれらにはただ労働が　生存があるばかり」なのだが、「芸術の回復は労働に於ける悦びの回復でなければならぬ」そう賢治は確言する。[23]おそらくは「近代文明の勃興以来」——資本主義経済の確立以降——、資本（資産）をもたないひとびとにとっては、生存に不可欠な要件（賃金）の獲得のための手段と堕した——金銭と交換されるものとなった——労働（「灰色の労働」）を、人間本来の自律的ないとなみへと回復させること、おそらく賢治は、そこに芸術の可能性をみようとしたのだろう。たしかに芸術は——「散文」や「詩歌」は[24]——、作ること（生産）そのものを目的とした——目的をそのもののうちにもった——、自律的ないとなみであり、その成就はそれに特有の悦びをもたらすのだから。農民芸術とは、したがって一部の——特別な能力をもった——ひとびとの専有物であってはならない。

職業芸術家は一度亡びねばならぬ
誰人もみな芸術家たる感受をなせ
個性の優れる方面に於て各々止むなき表現をなせ
然もめいめいそのときどきの芸術家である[25]

教職を辞し、農業という「下等な仕事」についたばかりの、おそらくは高揚した気分のなかで書かれたこの「綱要」を、[26]いまのひとはあまりにも直截で楽観的なものとみるかもしれない。また専門のひとは、近代美学の通念を出ない、ありきたりなものと批判するかもしれない。しかし、さきにも述べたように、「ぼろぼろ」への回帰あるいは「下等な仕事」は、賢治にとって、本来の生を生きるための、ある意味ではぎりぎりの選択だったのだし、農民として書くことは、この選択がもたらした矛盾ないし曖昧を解決する、可能なただひとつの、それ以外には選択の余地のない道だった。飛躍のおおい、ときにつまづきながらもひたすらにまえへ進んでゆく「綱要」の文体が、このことを如実にしめしている。(→補説2)

「第一集・序」における「現象」としての自己規定――「詩人」となることの宣言――が、「いま、ここ」の世界――疎外感(違和感)をもたらすだけの現実――からの超出と、「どこか、よそ」の世界への転移という、ある意味では実存的ともいえるようなくわだてだったとすれば、「第二集・序」が述べている「ぼろぼろ」の世界への回帰と農民として書くこともまた、それなりに実存的な決断だったのかもしれない。

おそらくそうだったのだろう。ただこの決断は、以前の世界(仕事)のしがらみからの完全な解放をもたらすものではなく、またあの矛盾ないし曖昧を完全に解決するものでもなかった。なぜなら、たとえ農民として書こうとしても、「書くこと」そのものが本質的にもつ制約をのがれることはできないのだから。「第一集・序」と「第二集・序」のあいだにみられるかなり顕著なちがいも、あるいはこのことに由来しているのかもしれない——前者の詩的なイメージのつらなりと緊密な構成にたいする、後者のいくぶんかシニカルな口調とやや冗漫なありかた、など。しかしこのことについては、またべつの観点からの、より詳細な検討が必要なのかもしれない。

北上川が一ぺん氾濫しますると／百万疋の鼠が死ぬのでございますが

「百万匹の鼠」が川でおぼれ死ぬというイメージから、わたくしはなんとなくドイツの伝説『ハメルンの笛吹き男』(Rattenfänger von Hameln)を連想してしまうのだが——"Rattenfänger"は「鼠とり男」を意味する——、しかしこれといった根拠があるわけではない。北上川は、岩手県北部に端を発し、北上盆地を南下しながら、盛岡、花巻、一ノ関などをへて、宮城県石巻で太平洋に注ぐ、東北地方最長の川であり、流域を潤す恵みの川だが、しかしまた、たびかさなる氾濫によって、おおきな災害をもたらすわざわいの川でもある——わたくしのおさないころにも、なんどか北上川が氾濫し、その都度川ちかくにあった親戚の家が水びたしになったことを、いまでも記憶している——。

ハメルンの鼠は、その地の権力者の依頼をうけた笛吹き男の笛の音にまどわされて、まことにあっけなくおぼれ死んでゆく――もちろんそれは鼠の意志にもとづいた行為ではなく、かれらの了解を超えた不可思議なものがもたらしたものだった。北上川の百万匹の鼠もまた、川の氾濫という、かれらの意志をこえた正体不明のものによっておぼれ死んでゆく――あるいはそれは、制御不可能な自然のもたらす災厄を、そしてそれにたいしてなすすべをもたない無力な存在を暗示しているのかもしれない。

ところで、賢治自身は、鼠について、どのようなイメージをいだいていたのだろう。「ねずみ」を主人公にした三編の童話――「ツェねずみ」「鳥箱先生とフウねずみ」そして「クンねずみ」――があり、「セロ弾きのゴーシュ」にもねずみの母子が登場する。[27] 自己中心的なツェねずみは、他人の善意をそれとして感じることができず、そのためにおおくのなかまから愛想をつかされ、結局は「ねずみとり」にかかってしまう。くもやしらみなどを友だちにしているフウねずみは、それらにくらべれば自分は「りっぱなもの」だとうぬぼれているが、最後に「猫大将」につかまってしまう。クンねずみは「不平を生じてブンレツを起こす」存在としてみんなから疎まれていたが、算術を教えていた子猫が「あんまりかしこいのですっかりしゃくにさわり」、からいばりをしたあげく、逆に子猫にかじられ、命をおとす。「セロ弾きのゴーシュ」の母ねずみは、こねずみの病いをなおしてくれと、ひたすらにゴーシュに哀願する、小心翼々たる存在である。どのねずみの場合にも、卑小さが強調されているといえるが、しかしまた、卑小であるがままに、なんとかその状況から抜け出そうとこころみていることもたしかである――そのこころみのおおくは、結局失敗におわるのだが。字義どおりに地を這うようにして生き、そのような状況から抜けだそうとあがき、ついにはたしえずにおわる弱者、それが賢治の描きだす「鼠」のイメージではないだろうか。そしてこのイメージは、ごく自然に、東北の、とくに岩手(旧南部藩)の農民のそれとかさなるだろう。

いったん気候の異変が生じると、農民のおおくは、ほとんどなすすべもなく飢餓におちいり、いのちをおとしてゆく。江戸時代に南部藩をおそった飢饉――とくに数度に及んだ元禄年間(一六八八～一七〇四)の、宝暦五(一七七五)年の、天明二(一七八二)年から天明七(一七八七)年にかけての、そして天保三(一八三二)年から天保十(一八三九)年にかけての、四度におよぶ大飢饉――のすさまじさは、いまのわたくしどもには想像もつかないもののようだが、そのおおくは、洪水と冷害のもたらしたものであり、なかでも冷害は、かつての東北農民がもっともおそれるものだった。

おさないころ、わたくしは母からしばしば「日照りに飢渇《けかち》なし」ということばを聞かされた。「日照り」による水不足は、たしかに災厄であるにしても、飢饉をもたらすにはいたらないというのだろうが――温暖化のすすむいまの状況では、あるいは理解しがたいかもしれないが――、このことばからは、むしろ飢饉の元凶ともいうべき日照不足（冷夏）にたいする怖れを聞きとるべきではないだろうか。江戸時代からつづく母の実家は、盛岡と花巻の中間にあたる地域で農業をいとなんでいたから、「サムサノナツ」[28]がなんどももたらした飢饉は、忘れがたい記憶として、たしかに母の世代にまで伝わっており、そして、母をとおして、わたくしにさえも伝わっているといえるだろう――「寒さの夏」にたいするおそれは、ついこのあいだまで、岩手（イーハトーブ）のひとびとに無意識のうちに共有されていたのかもしれない。もちろん賢治もその例外ではなかっただろう――たとえば、「冷夏」のもたらした飢饉による一家離散のできごとを語ることからはじまる「グスコーブドリの伝記」[29]は、ほかならぬその記憶が書かせたものともいえるだろうし、劇「飢餓陣営」[30]のように、飢餓そのものを主題にしたものさえある。またその詩に頻出する風、雲、雨、雪、日光など、天候にかかわる多彩なイメージも、おそらくはその記憶とどこかで結びついているのだろう。ひとつだけ、例をあげておこう。

シャーマン山の右肩が
にはかに雪で被はれました
うしろの方の高原も
おかしな雲がいっぱいで

なんだか非常に荒れて居ります
　……凶作がたうたう来たな……
杉の木がみんな茶いろにかはってしまひ
わたりの鳥はもう幾むれも落ちました
　……炭酸表をもってこい……
いま雷が第六圏で鳴って居ります
公園はいま
町民たちでいっぱいです
「測候所(31)」

この詩の日付は、四月六日となっているが、それが書かれた（と思われる）四月には、春のおそいイーハトーブでさえも、山々の雪は溶けはじめる。待ちかねた春のおとずれをよろこんでいるときに、突然山の稜線を被う雪や高原にかかる「おかしな雲」は、おそれていた凶作のさけられないことをつげる、たしかに不吉なもの（凶兆）だったにちがいない――「……凶作がたうたう来たな……」。茶色に変化した杉の木の葉や、ばたばたと地面におちる渡り鳥は、進行する異常気象をあらわすのだろう。「……炭酸表をもってこい……」――あるいは測候所職員の声なのだろうか（↓補説3）。「公園はいま／町民たちでいっぱいです」――凶作におびえるひとびとのありさまを描きだして、あますところがない。

その鼠らがみんなやっぱりわたくしみたいな云ひかたを／生きてるうちは毎日いたして居りますするのでございます

「も少し下等な仕事であたまがいっぱい」なわたくし、（上等な）サラリーマン生活を棄てて、農民とともに、あるいはむしろ農民として生きることを選択したわたくし、そのようなわたくしとおなじような「云ひかた」を「生きてるうちは毎日いたして」いるという鼠。たしかにわたくしはとるにたらない存在にすぎないけれど、それでもなお農作業にいそしみ、農閑期にはあれこれの仕事もしながら、なんとか自分にふさわしく生きようと精一杯努力している、そのようなわたくしとおなじような言いかたを、生きているかぎりするという鼠ら。このことは、わたくしと鼠らがおなじことばを話していることを、べつにいえば、わたくしと鼠らが、おなじ生の、あるいは存在の枠組——農民というひとつの枠組——のなかにあることを意味するだろう。「第一集・序」が、わたくしが現象（詩人）であることの、たからかな、またほこらかな宣言だとすれば、「第二集・序」は、ある意味ではその宣言の否定であり、わたくしが農民であることの、「鼠ら」と同類であることの、いくぶんためらいがちな告白といえるだろうが、その屈折した言いまわしのむこうに、鼠らとおなじ言いかたをする――おなじことば（言語）で話し、書く――という決意を読みとることも、あながちに不可能ではないだろう。

＊

さきにも述べたように、「第二集・序」の下書稿には、日付がない。いろいろな資料から、それが書かれた時期を推測することは、ある程度可能なようだが、ここではそのことにたちいらない。ただ、「序」そのものが語るところから、農学校を退職したあと、宮澤家別宅で独居生活をはじめ、開墾に従事し、さらに別宅を事務所として羅須地人協会を設立した一九二六（大正十五）年春ごろから、「非常な寒い気候が続いて、ひどい凶作であった」一九二七（昭和二）年をへて、積極的に肥料設計や肥料相談をおこなっていた一九二八（昭和三）年にいたる数年間を想定することが、あるいはできるかもしれない。[32] 逆にいえば、これらの年月における賢治の生の反映として「序」をとらえることも、おそらく可能だろう。

しかし、もっともおおきな問題は、この下書稿が、日付も署名もないままに「反古紙の中に」いれられたことではないだろうか。『校本全集　第三巻』の「校異」によれば、「本稿は、洋半紙三枚の各表面に、赤インクで下書的に書き下されており、書きながらの、あるいは書いてすぐの手入れが、同じ筆記具で加えられている」とのことだが、[33]「校異」に載せられている下書稿の凸版をみるかぎりでは、その手入れは、他のおおくの草稿にくらべて、むしろすくなく、手入れそのものが中断されているという印象をうける。まったく主観的な印象にもとづいた憶測にすぎないのだが、このことは、賢治が、下書稿の定稿化――「第二集・序」としての完成――を、中途で断念したことをしめしているのではないだろうか。下書稿が、未定稿――完成の余地があるもの――として、『第二集』への収載が予定されていたおおくの詩稿とともに保存されることなく、「反古」のなかにいれられていたという事実は、いくぶんかこの憶測に根拠をあたえてくれるかもしれない。

それでは、下書稿の定稿化を断念し、「反古」として処理したのはなぜなのだろう。憶測されたことがらの理由は、さらに憶測するしかないのだろうか。その理由を推測するための、なんらかの客観的な手がかりはないのだろうか。いまのところ――すくなくともわたくしの知るかぎり――、賢治自身がこの「序」について述べたものは、見つかっていないのだから、手がかりは「序」そのものしかないことになるだろうが、「序」は、当然のことながら、放棄された理由を述べていない――放棄の理由は「序」によって意味されていない――。まわりくどいようだが、理由が「序」の「意味されるもの《シニフィエ》」（内容）にもとめられないのなら、手がかりとして残るのは、「序」の「意味するもの《シニフィアン》」、べつにいえば、「書かれたもの《エクリチュール》」としての「序」しかないだろう。[34]問題なのは、だから「序」がどのように書かれ、どのようなことばが、どのようにつらねられているのか、ひとことでいえば、その語りかたであり、文体ではないだろうか。

わたくしといふ現象は／仮定された有機交流電燈の／ひとつの青い照明です

この一巻は／わたくしが岩手県花巻の／農学校につとめて居りました四年のうちの／終りの二年の手記から集めたものでございます

「第一集・序」と「第二集・序」の冒頭部分だが、「です」という「敬譲の断定を表わす」語でおわる「第一集・序」にたいして、「第二集・序」は「ございます」という、同様に「敬譲の意味をこめた断定」をあらわし、しかし「です」よりも「丁寧な表現」である語でおわっている(35)。また、その全体についてみれば、「第一集・序」でも「ます」という「謙譲、丁寧」をあらわす語がもちいられてはいるが、「第二集・序」では、それが頻出する。これらのことは、「第二集・序」が、全体としてへりくだった、丁寧な語りかたをしていることを、如実にしめしているだろう。それだけではなく、たとえば「〜ではありませうが」「〜かの嫌ひがあります」「〜しまするが」「〜ではありまするが」「〜ではございますが」といった、断定をさけるような、屈折した、ある意味では曖昧な語りかたが目につく。「けだしわたくしはいかにもけちなものではありますが」――これなどは、こうした語りかたの代表といえるかもしれない。

ところで「曖昧な」(ambiguous)とは、一般にひとつの語がふたつあるいはそれ以上の意味をもっている状態をさすが[36]、それは文章や語りかたについてもいえるだろう。そして曖昧は、一般的には、とくに論理的な文ないし言説においては、言語(論理)的な能力の不足にもとづく否定的な、避けるべきものとされている。しかし、ある状況ないし枠組のなかに共存する語り手(書き手)と聞き手(読み手)のあいだに成立する言説は、その状況ないし枠組から一定の制約ないし方向づけを受けることによって、むしろひとつの、明確な意味に規定されることがおおい――たとえば、相互的な理解(コミュニケーション)が不可欠な日常生活においては、とくにおなじ生活圏のなかに共存するひとびとのあいだでは、ことばは、思いのほか明確で、特定の意味に規定されているのではないだろうか。だから、ひとつの語、文あるいは言説に、意図的にふたつの、あるいはそれ以上の意味をこめる――曖昧を実現する――ことは、じつはかなりむずかしいことであり、それ相応の工夫ないし技術が必要だと考えられる[37]。

語は、ひとつの枠組のなかでくりかえし使用されること――慣習的な使用――によって、ある特定の意味に固定されてゆくと考えられるのだが、そのような慣習の枠組から語をとりだし、曖昧を実現することに「詩」の特質をみるひとびともいる[38]。いずれにしても、「序」の曖昧は、賢治の言語能力の不足によるものではもちろんなく、意図的に作りだされたものというべきだろう。一方では、へりくだった態度をしめしながら――謙譲のみぶりをしながら――、他方では、みずからを正当化すること――自分の真意をあきらかにすること――。ところで、語（文）の曖昧は、ときにいくつかの意味の錯綜した関係から、ゆたかなイメージの戯れを作りだすこともあるだろう――さきに述べた意味での「詩」の場合がそれにあたる。

それでは、「第二集・序」は、その曖昧な語りのゆえに、「詩」とみなされるべきなのだろうか。すくなくともわたくしは、「第一集・序」からは、そのとらえがたい意味の戯れから湧き出る、ゆたかなイメージを感じとることができるのだが、「第二集・序」からは、それに匹敵するようなイメージを読みとることができない。残された下書稿は、それが詩として書かれただろうことをうかがわせるが、しかし詩として成就するにはいたらず、といって「散文」として明確な意味をあらわすにもいたっていない。そのことからみても、この「序」はまさに曖昧な状態にあるといえるのだが、それはいったいなにゆえなのだろう。考えられることがひとつある――「序」を書いたときの賢治そのひとが、曖昧な状態にあったのだ……。

「じつに愉快な明るい」世界から「ぼろぼろ」への回帰が、ひとつの生の決断とみなされることは、さきに述べた。しかしその「ぼろぼろ」において、なつかしさのあまり、友人の勧めにしたがってあたらしい詩集を刊行することは、その決断に反することでもあった。なぜなら、それは、否応なしに、読者（敬愛するパトロン諸氏）との錯綜した関係——文学的制度とでもいうべきもの——にひきずりこまれることを意味するのだから。選択した「ぼろぼろ」での生を成就すること、それは、結局、「下等な仕事」に専念すること、氾濫した北上川で溺れ死ぬ「百万匹の鼠」とおなじことばを話すこと、つねに飢饉におびえる農民とおなじ生を生きることにほかならず、詩人（書く人）の生とはおそらくあいいれないものだった。

　しかし賢治は、書くことを断念することはできないだろう。現にかれは、「下等な仕事で頭がいっぱい」であり、溺れ死ぬ百万匹の鼠らが「やっぱりわたくしみたいな云ひ方を／生きているうちは毎日いたして居りまする」と書いているのだから。ふたつのことなった、むしろあい反する生の共存が、この「序」の曖昧な語りかたを生んでいるのではないだろうか。おそらく賢治はこのことに気づいていたにちがいない。下書稿に「書きながらの、あるいは書いてすぐの手入れ」がなされていることが、その証拠といえるだろう。かれは、なんとしてでも、この曖昧を解消したかったにちがいない。しかし、そのためには、あの生の矛盾の解決が欠かせないのだが、その解決はしかし容易には実現しがたいもの、すくなくとも下書稿の手なおしぐらいでは解決できないものだったのではないか。だからこそかれは、この下書稿を「反古」にしたのだろう。いまわたくしどもが、刊行された『春と修羅　第二集』の冒頭にみる「序」は、著者によって否定され、放棄されたあとに、「反古」のなかから、いわば発掘されたもの（資料）にほかならない。

「第一集・序」は、著者そのひとによって詩集の冒頭におかれ、しかも一編の詩として自律しており、さらには詩ないし「心象スケッチ」そのものについての省察であって、それゆえに詩集そのものとの照応関係によってゆたかな内実をあたえられている。それにたいして、「第二集・序」は、ひとつの発掘された資料として、詩集の刊行にいたる背景やその時点での著者のおかれた状況を、いわば外がわから述べてはいるものの、詩集そのものとの照応関係によって、その内実をあたえられることはない。一般的にみて、「序」というものは、空間的には——位置としては——当然「本文」（le texte）のまえに（pré）おかれるが、時間的には「本文」のあとに書かれることがおおく、そのために、たとえば「第一集・序」のように、「本文」がこのように書かれていることへの説明（釈明）（le pré-texte）であることがおおいのだし、だからこそ「序」は、「本文」によって例証され、具体的な内実をあたえられもするのだろう。しかし「第二集・序」は、「本文」（詩集）がこのように刊行されることへの説明（釈明）におわっているといわざるをえず、しかも、すでに指摘したように、その説明（釈明）は曖昧なままにとどまっており、その点に関するかぎり、「序」一般のありかたを逸脱しているといわざるをえない。

　現在刊行されている『春と修羅　第二集』の冒頭におかれた「序」は、こうして、本来的な「第二集・序」としては、読まれるべきでないことになるだろう。しかし、この「序」（下書稿）

は、放棄されたという事実とともに、それを書いたときの――『春と修羅　第二集』の刊行を考えていたときの――賢治の生の状況ないしそのメンタリティを、そのことばやことばづかいに反映させていると考えられ、そのかぎりではたしかに貴重な資料というべきだろう。

＊

陽が照って鳥が啼き
あちこちの楢の林も、
けむるとき
ぎちぎちと鳴る　汚い掌を、
おれはこれからもつことになる

「春[39]」

この詩は、賢治が花巻農学校を退職し、宮澤家別邸で自炊をつづけながら、農業に従事しはじめたころに書かれた。いくつかある下書稿では、「ぎちぎちと鳴る」にたいして、「こわれたゼンマイのやうに」「壊れた玩具の弾条《ぜんまい》のやうに」「壊れた時計の、馬車の、椅子の」といったことば（譬喩）がつけくわえられているという。[40] これら譬喩としてもちいられたものは、いずれも農民の生活というよりは、むしろ小市民的な生活を想起させるのではないだろうか。最終的にはこれらのことば（譬喩）はすべて消去されるのだが、それらが意味するものがこわれ、ぎちぎち鳴るということは、小市民的な生活そのものが破綻をきたしていることを暗示しているのかもしれない。「汚い掌を、おれはこれからもつことになる」――破綻したと感じるサラリーマンの生活から抜け出して、農民としての、土にまみれた生活を、これからすることになるのだ、あるいはそうみずからに言い聞かせているのだろうか――陽が照り、鳥が啼き、楢の林がけむるという、春のおだやかな情景が、ぎちぎちと鳴る掌の汚さを、自戒のおもさを、いっそう際立たせているようだ。このような心境は、しかしあたらしい詩集を、友人らの勧めるままに、しかも「敬愛するパトロン諸氏」によびかけながら刊行することと、まったくあいいれないのではないだろうか。

くりかえしになるが、「第二集・序」は、それがともなう曖昧と矛盾のために、さらには、本文としての『春と修羅　第二集』との照応よりは、むしろ賢治の生の状況との照応を要請しているために、かならずしも理解しやすいとはいえない。このテクストも、結局はこれといった結論なしにおわることになってしまったが、このことの確認が、テクストの帰結といえば帰結なのかもしれない。

補説1

たとえば、「この日花巻町花巻座に於いて労農党稗和支部が三十余名で結成され〔……〕後、党事務所が賢治の世話ででき」という記述[41]、あるいは「〔……〕宮澤賢治さんは、事務所の保証人になったよ、さらに八重樫賢師君をとおして毎月その運営費のようにして経済的な支援や激励をしてくれた」という労農党盛岡支部執行委員であった小泉長右衛門の談話[42]は、このことを、ある意味では、立証しているといえるだろう。賢治が労農党に、そして労働組合運動に親近感をいだいていたことは、おそらく否定しがたい。なおここでいう「労農党」は、第一次労農党（旧労農党）が解散を命じられたあとに、大山郁夫（一八八〇～一九五五）を委員長として、一九二六年に設立された、合法的な「労働農民党」をさすと考えられる。またある詩の下書きには、

〔……〕
清貧と豪奢とは両立せず
いゝ芸術と恋の勝利は一緒に来ない
労働運動の首領にもなりたし

あのお嬢さんとも
行末永くつき合ひたい
そいつはとてもできないぜ
〔まあこの空の雲の量と〕[43]

とある。定稿化されていない――題名のつけられていない――詩の、いわば断片にほかならず、しかもいくぶん諧謔的な、そしてかるい調子で書かれており、字義どおりにとるべきではないだろうが、賢治の労働運動にたいするなんらかの関心がそこにあらわれていることは、おそらく否定できないだろう。

童話「ポラーノの広場」[44]には、労働組合ではないが、産業組合のはなしがでてくる。童話の結末ちかくには「ファゼーロたちは立派な一つの産業組合をつくり、ハムと皮類と酢酸とオートミルはモリーオの市やセンダードの市はもちろんひろくどこへも出るやうになりました」とあり、また物語の最後には、語り手（わたくし＝レオーノキュースト）のもとにとどいた手紙に記されていた、ファゼーロが作ったと思われるつぎの歌が引用されている。[45]

つめくさ灯ともす　夜のひろば
むかしのラルゴを　うたひかはし

雲をもどよもし　夜風にわすれて
とりいれまぢかに　年ようれぬ

まさしきねがひに　いさかふとも
銀河のかなたに　ともにわらひ
なべてのなやみを　たきゞともしつゝ
はえある世界を　ともにつくらん

この歌をとおして、ある意味では、賢治の組合運動――もっともひろい意味での――にたいする考え（理想）をうかがうことができるのではないだろうか。

補説2

「農民芸術概論（綱要）」を執筆するにあたって、賢治がテオドール・リップス（Thedor Lipps, 1818-1891）の美学説を参照したことは、おそらくたしかだろう。賢治の蔵書のなかにリップスの『美学大系』があり、しかもその本には、賢治のものと思われる書きこみがあるという。(46)なおこの『美学大系』は、リップスの『美学、美および芸術の心理学』（*Ästhetik, Psychologie des*

Schönen und der Kunst, Erster Teil, 1903; Zweiter Teil, 1906）の翻訳であり（稲垣末松訳、同文館、一九二五～一九二八年）、十二章からなる原書——第一部六章、第二部六章——を、十二分冊のかたちで刊行したものである[47]。

以下参考のために各分冊のタイトルをあげるが、〔現在の一般的な訳語とことなるものがあるので〕参考のために、原書各章のタイトルを括弧でしめしておく。

①「一般の美的形式」（Die allgemeinen äshthetischen Formprinzipen）
②「人間と自然物」（Der Mensch und die Naturdinge）
③「空間美学」（Raumästhetik）
④「韻律」（Der Rhythmus）
⑤「色と音と語」（Farbe, Ton und Wort）
⑥「美の特殊形」（Die Modifikationen des Schönes）
⑦「美的観照と芸術作品」（Die ästhetische Betrachtung und der Kunstwerk）
⑧「描写芸術」（Die Bildkünste）
⑨「空間芸術一班」（Ein Stück Raumästhetik）

⑩「空間芸術の諸相」(Formen der Raumkunst)
⑪「技巧的芸術作品」(Das technische Kunstwerk)
⑫「修装と装飾的描写芸術」(Ornament und dekorative Bildkunst)

つぎに「農民芸術概論綱要」の各章の見出を――「農民芸術の分野」の項については、小見出も――あげる。

序論
……われらはいっしょにこれから何を論ずるか……
農民芸術の興隆
……何故われらの芸術がいま起らねばならないか……
農民芸術の本質
……何がわれらの芸術の心臓をなすものであるか……
農民芸術の分野
……どんな工合にそれが分類され得るか……
声に曲調節奏あれば声楽をなし　音が然れば器楽をなす

語まことの表現あれば散文をなし　節奏あれば詩歌となる
行動まことの表情あれば演劇をなし　節奏あれば舞踊となる
光象写機に表現すれば静と動との　芸術写真をつくる
光象手描を成ずれば絵画を作り　塑材によれば彫刻となる
複合により劇と歌劇と　有声活動写真を作る
準志は多く香味と触を伴へり
声語準志に基けば　演説　論文　教説をなす
光象生活準志によりて　建築及衣服をなす
光象各異の準志によりて　諸多の工芸美術をつくる
光象生産準志に合し　園芸営林土地設計を産む
香味光触生活準志に表現あれば　料理と生産とを生ず
行動準志と結合すれば　労働競技体操となる

農民芸術の（諸）主義

……それらのなかにどんな主張が可能であるか……

農民芸術の製作

……いかに着手しいかに進んで行ったらいいか……

農民芸術の産者
……われらのなかで芸術家とはどういふことを意味するか……
農民芸術の批評
……正しい批評や鑑賞はまづいかにしてなされるか……
農民芸術の綜合
……おお朋だちよ　いっしょに正しい力を併せ　われらのすべての田園とわれらのすべての生活を一つの巨きな第四次元の芸術に創りあげようではないか……
結論
……われらに要るものは銀河を包む透明な意志　巨きな力と熱である(48)……

「農民芸術概論（綱要）」がリップス『美学大系』からどのような影響を受けているのか、そのことについては、べつに詳細に検討すべきだが、うえにあげたふたつのものの関係からだけでも、賢治が『美学大系』をなんらかの程度参照したことは、容易に推測できるだろうし、全体の理論的な構築に関して、二者がある共通性をもっていることはたしかだろう。しかし、その一方で、二者のあいだに明確な差異があることもまたあきらかであり、その差異は、すくなくともその一部は、「農民芸術概論」の、あるいは賢治の「美学」の独自性に起因すると考えられる。賢治の蔵書のなかには、テーヌ（Hyppolite Taine, 1828-1893）の『芸術哲学』（*Philosophie de l'art*, 1865/1882）の訳書（広瀬哲士訳、一九二六年）が含まれているとされているし、鷗外の『審美綱領』（一八九九年）などをとおして、エドワルト・フォン・ハルトマン（Edouart von Hartmann, 1842-1906）の美学説（Philosophie des Schönen, 1887）を知っていたと考えられるから、[49] 一定の知識をもっていたと考えてよいのではないだろうか。おそらくそのような知識をもとに、かれは「農民芸術概論（綱要）」を構想したのであって、リップスの美学は、そのひとつにすぎないのだろう。

芸術の本質、分野（領域、ジャンル）、主義（思潮）、製作（創作）、産者（作者）、批評（鑑賞）という問題のたてかたは、近代の美学の観点からみて、ごく正統的なものということができ、賢治の近代美学の素養が、かなりの程度のものだったことをうかがわせている。残念ながら「農民芸術論」の完成したすがたをみることはできないが、かりにそれが、賢治の意図したとおりに完成していたとすれば、たしかに「農民」という限定（特殊性）はあるものの、ひとつの体系的な美学になりえていたかもしれない。いや、その限定のゆえに、かえっていくつかの点で、同時代のアカデミックな美学の硬化した枠組をこえる、独自なものだったのかもしれない。

補説3

この詩には、二種類の下書稿があり、そのうちのひとつには「三月までの海温表をもってこい」という記載があり、それが「炭酸表をもってこい」に訂正されているという。[50]「炭酸表」とは、おそらく、海水や空気中の炭酸ガスの量をあらわしたものなのだろう。賢治が、海水や空気中の炭酸ガスの量が、気温と密接な関係があると考えていたことは、「グスコーブドリの伝記」などから知ることができる――「ブドリ」「先生《せんせい》、気層《きそう》のなかに炭酸瓦斯《たんさんがす》が増《ふ》えて来《く》れば暖《あたゝか》くなるのですか。」「クーボー大博士」「それはなるだらう、地球《ちきう》ができてからいままでの気温《きおん》は、大抵《たいてい》空気中《くうきちう》の炭酸瓦斯《たんさんがす》の量《りやう》できまつてゐたと云《い》はれる位《ぐらゐ》だからね[51]」。

Ⅲ　『イーハトヴ童話　注文の多い料理店』の「序」

わたしたちは、氷砂糖《こほりざとう》をほしいくらゐもたないでも、きれいにすきとほつた風《かぜ》をたべ、桃《もゝ》いろのうつくしい朝《あさ》の日光《につくわう》をのむことができます。

またわたくしは、はたけや森《もり》の中《なか》で、ひどいぼろぼろのきものが、いちばんすばらしいびらうどや羅紗《らしや》や、宝石《はうせき》いりのきものに、かはつてゐるのをたびたび見《み》ました。

わたくしは、さういふきれいなたべものやきものをすきです。

これらのわたくしのおはなしは、みんな林《はやし》や野《の》はらや鉄道線路《てつだうせんろ》やらで、虹《にぢ》や月《つき》あかりからもらつてきたのです。

ほんたうに、かしはばやしの青《あを》い夕方《ゆふがた》を、ひとりで通《とほ》りかかつたり、十一月《ぐわつ》の山《やま》の風《かぜ》のなかに、ふるえながら立《た》つたりしますと、もうどうしてもこんな気《き》がしてしかたないのです。

ほんたうにもう、どうしてもこんなことがあるやうでしかたないといふことを、わたくしはそのとほり書《か》いたまでです。

ですから、これらのなかには、あなたのためになるところもあるでせうし、ただそれつきりのところもあるでせうが、わたくしには、そのみわけがよくつきません。なんのことだか、わけのわからないところもあるでせうが、そんなところは、わたくしにもまた、わけがわからないのです。

けれども、わたくしは、これらのちいさなものがたりの幾《いく》きれかが、おしまひ、あなたのすきとほつたほんたうのたべものになることを、どんなにねがふかわかりません。

大正十二年十二月二十日　　　　宮　澤　賢　治(1)

小学生のわたくしにもかんたんに読むことができた、やさしく語りかけるような口調で書かれたこのみじかい文章について、あらためて検討する必要などないかもしれない。しかしこの文章は、この本に収録されている童話の、あるいは賢治の童話一般の特色について、さりげなく語っているように思われるし、しかもそこには、「ものがたり」そのものについて考えるヒントが秘められているようにも感じられる。ことばをひとつずつたどりながら、ときにはそれからとおくはなれることがあるかもしれないが、気ままに思いをめぐらせてみよう。

わたしたちは、氷砂糖《こほりざとう》をほしいくらゐもたないでも、

氷砂糖は、いまのひとびとにとっては、あるいはたかだか梅酒などをつくるときに使う、ありきたりのものにすぎないかもしれないが、わたくしがこどものころには、とても貴重なものだった。普通の砂糖とはちがって、湿気につよく、ひとつびとつのかけら（結晶）が、手ごろなおおきさだったからだろうか、たとえば遠足のときなどに、母が数粒の氷砂糖を、疲れたときに嘗めなさいと、わたしてくれたものだった。透明なそのかけらを口のなかでころがし、その甘さをあじわいながら、いつまでも融けないようにと願っていた。「ほしいくらい」の氷砂糖をもつことなど、あのころのあたりまえのこどもには——そしてもちろんこの「序」が書かれたころのおおくのこどもにとっても——、到底ありえないことだった。でもそのかわりに、「わたしたち」にはできることがある。

きれいにすきとほつた風《かぜ》をたべ、桃《もゝ》いろのうつくしい朝《あさ》の日光《につくわう》をのむことができます。

風の「きれいにすきとほつた」ありさまや、朝の日光の「桃いろのうつくしい」すがたと、氷砂糖の透明できらきらするかがやきが、ひびきあっている。おそらく、風がきれいで透明だからこそ、日光が桃いろでうつくしいからこそ、それを氷砂糖のようにおいしくあじわうことができるのだろう。そしてこのことは、風や日光によって表象される「自然」が、それ本来のすがたをたもっていることを意味するのではないだろうか。もちろんここで語られているのは、都会のよごれたなまぬるい風や、ぼんやりとかすんだ日光ではなく、イーハトーブ――「ドリームランドとしての日本岩手県」（→補説1）――の風と日光にちがいない。そして、これらの風や日光を、それとしてあじわうこと――きれいでうつくしいと感じること――ができるのは、都会に住む――近代的な制度の枠組のなかでしか生きることのできない――ひとびとではなく、まさにドリームランドとしてのイーハトーブの住人――こころ（感性）の自然（ありのままのすがた）をたもっているひとびと――なのではないだろうか。「注文の多い料理店」の「二人《ふたり》の若《わか》い紳士《しんし》」は、たしかに都会人を代表（表象）しているのだろうし――「しかし、さつき一ぺん紙《かみ》くづのやうになつた二人《ふたり》の顔《かほ》だけは、東京《とうきやう》に帰《かへ》つても、お湯《ゆ》にはいつても、もうもとのとほりになほりませんでした。[2]」――、「鹿踊《ししおど》りのはじまり」の嘉十《かじふ》は、「おぢいさんたちと北上川《きたかみがは》の東《ひがし》から移《うつ》つてきて、小《ちい》さな畑《はたけ》を開《ひら》いて、粟《あは》や稗《ひえ》をつくつて」いるイーハトーブの純朴な農民の子であり、だからこそ鹿の気もちがわかるのだろう――「鹿《しか》どもの風《かぜ》にゆれる草穂《くさぼ》のやうな気《き》もちが、波《なみ》になつて伝《つた》はつて来《き》たのでした。」[3]――。嘉十が鹿のためにと「うめばちさうの白《しろ》い花《はな》の下《した》に」おいてきた「とちの実《み》のくらゐ」の栃の団子と、鹿の歌や踊りは、ここでもひびきあっているのだろう。

またわたくしは、はたけや森《もり》の中《なか》で、ひどいぼろぼろのきものが、いちばんすばらしいびらうどや羅紗《らしゃ》や、宝石《はうせき》いりのきものに、かはつてゐるのをたびたび見《み》ました。

「はたけや森《もり》の中《なか》で」見る「ひどいぼろぼろ」の着物、農民たちの着古された野良着にすぎないものが、「いちばんすばらしいびらうどや羅紗《らしゃ》や、宝石《はうせき》いりのきもの」にかわるとは、いったいなにを意味するのだろう。「びらうど（ビロード、天鵞絨）」や「羅紗（ラシャ）」のような高価な生地でつくられ、あるいは宝石をちりばめた衣服は、たとえばデパートの売り場で、マネキン人形に着せられていたとしても、それなりにうつくしいかもしれないし、ときには――それが特定のディザイナーの作品などである場合には――展示会に陳列されるなどして、鑑賞の対象になることもあるだろう。それにたいして、農民が脱ぎすてた仕事着そのものは、鑑賞の対象になるどころか、たんなる「ぼろ（襤褸）」として、なんの価値もないものとして、うち捨てられるだけではないだろうか。しかしその「ぼろぼろ」は、畑や森ではたらく農民にとっては、仕事のために欠かすことのできないものであり、うち捨てるどころか、じゅうぶんに役にたっているもの、大切なものであるはずだ。(4)

あるものが、役にたっている――そのものにあたえられた目的にかなっている――と判断されるとき、ひとは、そのものを、うつくしいと感じる、そのような考えがある。たとえば、はたらく農民が「びらうどや羅紗《らしや》や、宝石《はうせき》いりのきもの」をきていたとしたら、それは農作業のさまたげになるだけで、ひとはそれに違和感をおぼえこそすれ、うつくしいとは感じないだろう。畑や森ではたらく農民にとっては、「ぼろぼろ」の野良着こそがふさわしく――きびしく休むまのない農作業という目的にかなっており――、だからこそそれは、うつくしく感じられるのだろう。ジェット旅客機の設計者は、うつくしい機体をつくろうとするのではなく、おおくの乗客を、安全に、快適に、そして高速で、しかも経済的に輸送するという目的(機能)を十分にはたす機体を設計するはずだが、その機体をうつくしいと感じるひとは、けっしてすくなくない。(5) はたらく農民が着ている、なんどとなく繕われ、着ふるされた野良着――「ぼろぼろ」――を、賢治はおそらくうつくしいと感じたのだろう。数おおくの詩や童話を書き、チェロを弾き、作曲さえもし、ときには画も描いていた賢治が、芸術のうつくしさに敏感であったことは、むしろ当然だろうが、かれは、それとともに、本来のありかたをたもっている自然や、大地に根ざしてはたらく農民に、うつくしさを見出し、それをこよなく愛していたのではないだろうか――「わたくしは、さういふきれいなたべものやきものをすきです」。

これらのわたくしのおはなしは、みんな林《はやし》や野《の》はらや鉄道線路《てつだうせんろ》やらで、虹《にぢ》や月《つき》あかりからもらつてきたのです。

『注文の多い料理店』に収められているわたくしの童話は、じつはわたくしがつくったものではなく、すべて「虹《にぢ》や月《つき》あかりから」もらった（聞いた）もの、つまり「伝聞物語」だというのだが、このことばをそのまま信じるひとが、はたしてどれだけいるのだろう。物語を読むことになれている――ある意味では「文学」にくわしい――ひとびとほど、このことばをひとつの技法にすぎないととるのではないだろうか。というのも、ひとつの物語を、作者（書き手）以外のひとの手になる物語を書きうつしたものだとする技法（語りかた）は、けっしてめずらしいものではないのだから。たとえば、セルバンテス（Miguel de Cervantes Saavedra, 1547-1616）の『才気あふるる郷士ドン・キホーテ・デ・ラ・マンチャ』（*El ingenioso hidalgo Don Quichote de la Mancha*, 1605, 1616）では、この物語は、書き手（セルバンテス）が、たまたまトレドの市場で入手したアラビア語で書かれたノートを、カスティーリア語に翻訳させたものだとされているし、また、物語ではないが、ピエール・ルイス（Pierre Louÿs, 1870-1925）の『ビリティスの歌』（*Les Chansons de Bilitis*, 1894）は、古代ギリシヤの詩人の作品を、ルイスがギリシヤ語からフランス語に翻訳したものとして発表されているなど、ほかにもおなじような例は、むしろ無数にある。にもかかわらず、わたくしには、賢治のこのことばは、ことの真実を告げているように思われてならない。なぜなら、「序」そのものが、まだ「文学」など知るはずもないこどもたちに、やさしく——まるで噛んでふくめるように——語りかけているように感じられるからであり、これらの「おはなし」が、イーハトーブのできごとを、ありのまま、イーハトーブのこどもたちに語り聞かせているように思われるのだから。ついでにいえば、「序」は書かれたもの、読むべきものなのだが、総ルビの、しかも語りかけるような文体をもつこの文章から、おおくのこどもは、ほぼ直接に語りかける声を聞くのではないだろうか。しかし、それだけではない。

ほんたうに、かしはばやしの青《あを》い夕方《ゆふがた》を、ひとりで通《とほ》りかかつたり、十一月《ぐわつ》の山《やま》の風《かぜ》のなかに、ふるえながら立《た》つたりしますと、もうどうしてもこんな気《き》がしてしかたないのです。ほんたうにもう、どうしてもこんなことがあるやうでしかたないといふことを、わたくしはそのとほり書《か》いたまでです。

ひとによっては、あるいは「くどい」とさえ感じるかもしれないこのことば――くりかえされる「もうどうしても〔……〕しかたない」「ほんたうにもう、どうしても〔……〕しかたない」ということば――は、この「お話」が、ほんとうに虹や月あかりからもらってきたものだということを、なんとかして伝えたいという、賢治のおもいをあらわしてはいないだろうか。感じかたによっては、おなじことのくりかえしにすぎないこのことばを、ことばに鋭敏な賢治が、あえて語ったということを、わたくしは見すごすことができない。

童話「鹿踊りのはじまり」は、つぎのように語りはじめ、

そのとき西《にし》のぎらぎらのちぢれた雲《くも》のあひだから、夕陽《ゆふひ》は赤《あか》くなゝめに苔《こけ》の野原《のはら》に注《そゝ》ぎ、すすきはみんな白《しろ》い火《ひ》のやうにゆれて光《ひか》りました。わたくしが疲《つか》れてそこに睡《ねむ》りますと、ざあざあ吹《ふ》いてゐた風《かぜ》が、だんだん人《ひと》のことばにきこえ、やがてそれは、いま北上《きたかみ》の山《やま》の方《はう》や、野原《のはら》に行《おこな》はれてゐた鹿踊《しゝおど》りの、ほんたうの精神《せいしん》を語《かた》りました。

そして、つぎのように語りおえる。

それから、さうさう、苔《こけ》の野原《のはら》の夕陽《ゆふひ》の中《なか》で、わたくしはこのはなしをすきとほつた秋《あき》の風《かぜ》から聞《き》いたのです。(6)

この「はなし」は、「わたくし」が「秋《あき》の風《かぜ》から」聞いたものを語り伝えるという体裁をとっており、その点では、「民話」や「神話」など、いわゆる「伝承物語」に通じるかもしれない。もっとも、「伝承物語」のばあい、その起源——最初に語り出した存在——は、おおむね不明といえるのだが、それでもなお起源についていうとすれば、たとえばある「民話」を語りだしたのは、なにか不可思議なできごとを目撃した、もはやそれとして知ることのできない、はるかむかしの祖先であり、ある「神話」の起源は、神が世界を創造したありさまなどを神託として告げるために、とくに選びだしたひとであって、いずれも一般のひとびとのレヴェルを超えた——その意味で超越的な——存在であり、いまの聞き手の認識を、はるかに超えているというべきだろう。おおくの「伝承物語」にとって、その起源の詮索はむしろ無用のことであり、かえっておおくの——ほぼ無数ともいうべき——ひとびと(語り手)によって、いまにいたるまで語り伝えられてきたという事実こそが重要なのだろう。

いま「神話」を例に考えてみよう。神のお告げ(神託)を直接聞きとり、それをひとの「ことば」として語りだしたひと——最初の聞き手=語り手(伝承者)、ある意味では神の代弁者——

もまた、通常のレヴェルを超えた例外的な――その意味では超人的な――存在だったにちがいない。そのような存在の話す「ことば」を、いわば全身全霊をあげて聞きとり、あやまりなく語ろうとするひと（伝承者）は、すくなくとも聞き、語ることについては、個性をもたない――ある意味では透明な――存在というべきだろう。最初の伝承者と最後の伝承者のあいだには、ときには数千年におよぶ時間が介在することもあるだろうが、伝承者ひとりびとりによる恣意的な解釈は、理想的にいえば、まったくありえない。このような「神話」の伝承過程を簡単な図式でしめすなら、

起源（超越的存在）↓「起源の語るできごと」↓最初の伝承者（超人）↓「物語［ひとのことばで語られたできごと］」↓伝承者a↓「物語」↓伝承者b↓「物語」↓…………↓伝承者n↓「物語」↓聞き手

とでもなるだろうか。超越的な起源はもちろん、最初の伝承者もまた例外的な存在であることが、この過程の成立根拠だといえるだろう。神のことばだから、神のことばを直接聞いた超人のことばだから、自己を無にしてひたすらに聞き、ひたすらに語る、だからこそ伝承の過程は、ときに数百年いや数千年にもおよびながら、物語の歪曲ないし逸脱は、原則的には生じないのだろ

う。そしてこのことは、ある程度「民話」についてもいえるだろう。

おおくの「民話」に共通してみられる語り出し――「むかしむかし……があった」――は、物語の起源がはるか昔のことで、それとして認識できないこと、これからわたくし＝語り手が話すのは、伝え聞いたことそのままであること、などを意味しているのだろう。このような「語り出し」は、世界各地の「民話」に共通してみられるものであり、「つくり物語」や「小説」のような、創作された物語――とくに比較的ふるい時代のもの――にも、ときに見出される。いまこの国に例をもとめれば、「いまはむかし、竹とりのおきなといふもの有（あ）りけり」（『竹取物語』）や「むかし男ありけり」（『伊勢物語』）などをあげることができるし、『源氏物語』の「いずれの御ときにか、女御、更衣あまたさぶらい給へけるなかに、いと、やむごとなききはにはあらぬが、すぐれてときめき給ふありけり」なども、その展開したかたちとみることができる。[7] こうした書き出しは、やがて慣習化し、あたりまえのものとなったために、しだいに省略され、やがて欠落していったと考えられるが、そのためにかえって起源をあきらかにするという技法が生じたのかもしれない――『ドン・キホーテ』をその例にあげることができる。[8]

『注文の多い料理店』全体を、ひとつの物語――物語の集合体――ととらえるなら、「序」は、ある意味で、「語り出し」に相当すると考えられるが、その「序」は、物語の起源が「虹や月あかり」や「十一月の山の風」という、超越的どころかどこにでもある——すくなくともイーハトーヴにはある——ものだと告げるだけではなく、その起源が語ったものを、わたくし＝宮澤賢治が直接聞きとり、それをそのまま、いま話している——伝えている——とも述べている。「おはなし」は、「虹《にぢ》や月《つき》あかり」や「十一月《ぐわつ》の山《やま》の風《かぜ》」によって語り出され、わたくし＝宮澤賢治によって直接聞きとられ、そして伝えられた（はなされた）ものだった。物語の起源は、超越的な存在などではなく、むしろどこにでも——すくなくともイーハトーヴでは——みられるもの（自然現象）であり、しかもここには、最初の伝承者にはじまり最後の伝承者にいたる系列が成立する可能性はまったくない。最初と最後の伝承者がおなじ存在であることは、この「おはなし」が神話でも民話でもなく、すべてこの存在がはじめて聞き、はじめて語ったものであること、つまりわたくし＝宮澤賢治による創作であることを告げているともいえるのだが、それではなぜあれほど——ある意味ではくどいほどに——そのことを否定しようとするのだろうか。さきにあげた「序」のことばを、もういちど聞いてみよう、

ほんたうに、かしはばやしの青《あを》い夕方《ゆふがた》を、ひとりで通《とほ》りかかつたり、十一月《ぐわつ》の山《やま》の風《かぜ》のなかに、ふるえながら立《た》つたりしますと、もうどうしてもこんな気《き》がしてしかたないのです。ほんたうにもう、どうしてもこんなことがあるやうでしかたないといふことを、わたくしは

そのとほり書《か》いたまでです。

なんどか述べたように、このことばは、こどもたちにむけてやさしく語られている――わたくしは、このお話を、ほんとうに虹や月あかりや山の風から聞いたのです、そしてほんとうに聞いたとおりに、あなたがたにお話しているのです、あなたがたは、きっとこのことを信じ、またわたくしとおなじように感じてくれるでしょう……。たとえば近代の小説家にとって、読者とは、いまここには不在の、しかも不特定多数者にすぎないだろうが（→補説2）、賢治にとって、物語の聞き手であるこどもたちは、自分とおなじ世界に――イーハトーヴに――たしかに存在するのだろう。だからこそかれは、『注文の多い料理店』を『イーハトブ童話』と名づけたのだと思う。伝承の過程が欠落しながら、なお伝聞のかたちをとどめるこの物語では、語り手と聞き手が、おなじ世界のなかに共存する。そしてこれら聞き手として想定されたこどもたちこそが、さきの「序」のことばが真実であることを、この物語が賢治の聞いたままを語ったものであることを、保証するのではないだろうか。しかし一般的な――もはやこどもではない――読者には、「序」のあのことばは、そのままには信じがたいだろうし、あるいはむしろ「信じられないかもしれないが、なんとか信じてほしい」という、理にあわないねがいのようにさえ聞こえるのかもしれない。

ところで、ひとびとはいま、『注文の多い料理店』を、たとえば『校本全集　第十一巻』という「本」で読むだろう。しかし、「おはなし」というものは、ことばそのものがしめすように、もともと「はなされる（話される）」もの、「聞かれる」ものであり、「音」や「声」とわかちがたくむすびついている。「虹《にぢ》や月《つき》あかりからもらつてきた」のは、もちろん「本」なのではなく、「おはなし」――「話されるもの」――そのものであり、ある特別な「音」であり、「声」だった。この、あたりまえすぎてかえって忘れがちなことを、あらためて確認することが、いまは必要ではないだろうか。そしてわたくしは、賢治はたしかに「声」を、「おはなし」を聞いたのだと思う。

かつて世界は、さまざまな「声」でみちていた――すくなくもこどもの世界やイーハトーブはそうだった。わたくしのこどものころでさえ、まわりの世界は、「声」で、「歌」でいっぱいだった。こどもたちはあそびながらいつでも「歌」を――手まり歌、手あそび歌、集団あそびの歌[9]など、さまざまな「わらべうた」を――歌っていた。

あそびをせんとやうまれけむ、
たわぶれせんとやうまれけむ、

あそぶこどものこゑきけば、
わがみさえこそゆるがるれ

よく知られた『梁塵秘抄』の歌だが、(10)この「こゑ」は、あそび歌をうたう声ではないだろうか。たしかにこの歌がいうように、こどもの生活そのものが歌なのかもしれない。そして、こどもがこのんで歌う歌のなかには、さまざまな「替え歌」が、さらには「わるくち歌」や「からかい歌」のようなものまであった。

あぁかい手《て》ながのくぅも、
できたむすこは二百足《にひやっぴき》、
めくそ、はんかけ、蚊《か》のなみだ、
大《おほ》きいところで稗《ひえ》のつぶ

「大《おほ》きな銀色《ぎんいろ》のなめくぢ」が「赤《あか》い手長《てなが》の蜘蛛《くも》」にむかってこう歌うのだが、(11)典型的な「からかい歌」といってよいだろう。わたくしは——おそらくおおくのひともそうだろう——こどものころにうたっていた「替え歌」や「からかい歌」のいくつかを、いまでも記憶している。

かつて世界には、こどもの歌だけではなく、いろいろな音が——人工的につくりだされる雑音や騒音などではなく、自然の発する音が——あふれていた。そしてそれらの音は、すべてきわめてゆたかな表情をもっており、その意味ではむしろ「声」あるいは「歌」というべきかもしれない。自然のなかでくらすひとびとや、自然にちかい存在といえるこどもには、あるいはこどものようなこころ（感性）をもつひとびとにも、このような声がよく聞こえたのではないだろうか。

それは、あたかも

「九日《こゝのか》の月《つき》がそらにかゝつてゐた」晩に、「鉄道線路《てつだうせんろ》の横《よこ》の平《たひ》らなところをあるいて」いた恭一《きやういち》にとって、「線路《せんろ》の左《ひだり》がはで、ぐわあん、ぐわあんとうなつてゐたでんしんばしら」のうなりが、

ドツテテドツテテ、ドツテテド、
でんしんばしらのぐんたいは
はやさせかいにたぐひなし
ドツテテドツテテ、ドツテテド
でんしんばしらのぐんたいは
きりつせかいにならびなし

という「いかにも昔《むかし》ふうの立派《りっぱ》な軍歌《ぐんか》」であり、(12)雪童子《ゆきわらす》にとって「裂《さ》くやうな吼《ほ》えるやうな風《かぜ》の音《おと》」が、

ひゆう、ひゆう、さあしつかりやるんだよ。なまけちやいけないよ。ひゆう、ひゆう。さあしつかりやつてお呉《く》れ、今日《けふ》はここらは水仙月《すゐせんづき》の四日《よつか》だよ。さあ、しつかりさ。ひゆう

という雪婆《ゆきば》んごの声（ことば）であるようなものなのだろう。(13)そして、おなじことは、たしかに賢治にも生じていたのだろう。

もっともかれは、恭一や雪童子のように、はっきりとした「歌」や「ことば」を聞いたのではないかもしれない。しかしかれが、「林《はやし》や野原《のはら》や鉄道線路《てつだうせんろ》」から聞こえてくるものを、たんなる音としてではなく、ある「声」として聞いたことは、そしてその「声」が、かれのなかにさまざまな「心象」をつくりだしたことは、たしかではないだろうか。そして、これらの「心象」がおたがいに戯れあい、その戯れからやがて織りあげられたのが、「これらのわたくしのおはなし」なのではないだろうか。かれが「そのとほり書《か》いた」のは、そのものとしての「声」ではなく、それがかれのなかに生み出した心象であり、その戯れから織りなされたものなのだから、一般的には「おはなし」は賢治によって制作（創作）されたと考えるはずだ。しかしかれは、それ

が「もらってきたもの」であり「そのとほり書《か》いた」ものなのだから、「なんのことだか、わけのわからないところもあるでせうが、そんなところは、わたくしにもまた、わけがわからないのです」と、執拗といえるほどにくりかえす。なぜなのだろう。

近代的な通念によれば、作者（芸術家）とは、ひとなみはずれた創造力をもつ存在であり、しかもその創造は、自然のそれにも比すべき「無からの創造」（creatio ex nihilo）だとされているのだから、「序」にしたがうかぎり、賢治は作者（芸術家）であることをみずから否定していることになるだろう。たしかにかれは、ある書簡で、[14]『春と修羅』などは「到底詩ではありません」と述べ、詩人（作者）であることをみずから否定しているし、また「農民芸術概論綱要」では、「職業芸術家は一度亡びねばならぬ」と明言してもいる。[15]「職業芸術家」がなにを意味するのか、賢治はあきらかにしていないが、「芸術はいまわれらを離れ然もわびしく堕落した／いま宗教家芸術家とは真善若くは美を独占し販るものである」[16]ということばから、ある程度うかがうことができるかもしれない。いまこころみに、賢治のこのことばを、近代的な通念にしたがってとらえなおしてみよう。

〈美を創造するためには、特別な能力が不可欠であり、そのような能力をそなえた芸術家が美を「独占」するのは、むしろ当然であり、創造された美（うつくしいもの）は、希少性という価値をもつことになるだろう。かつては王侯や教会に仕え、その庇護のもとに生きていた芸術家は、やがて自分の創造した美（うつくしいもの）を「販る」ことによって生計を支え、王侯や教会の庇護から脱して自立するにいたる。〉

ここにあらわれたのは、「堕落した」ということばを括弧にいれさえすれば、じつはルネサンスと宗教改革を経過したヨーロッパ、一言でいえば、近代的な世界における芸術家のすがたにほかならない。

「もらつてきたもの」を「そのとほりに」書くこと、それは「模倣」でこそあれ、「創造」とはいえないだろうし、そのことを強調することは、ある意味では、近代的な意味での芸術と芸術家への、ひいては近代的な世界そのものへの批判に通じるのではないだろうか――「堕落した」ということばをおもくとるなら、「批判」というよりはむしろ「否定」というべきかもしれない。もっとも「序」は、このことを直接語っているのではない。しかし「序」の奥底には、たしかにこのような批判が秘められているように、わたくしには感じられる。あるいは、ここで暗黙のうちに批判されているのは、『春と修羅　第二集』の「序」にいう「先輩たち無意識なサラリーマンスユニオンが　〔……〕　絶えざる努力と結束で　獲得しましたその結果」としての「安固な生活」なのかもしれない。[17]

「農民芸術概論綱要」は、あるべき芸術について、そのおおよそを述べたものといえるのだが、記述はやや性急で、飛躍しがちであり、しかも賢治自身の考えと近代美学上の通念とが、渾然と一体化して、というよりはむしろ十分に整理されないままに呈示されているために、その理解はかならずしも容易ではない。ここでは、当面の問題にかかわると思われる記述にかぎり、要約的にしめすにとどめる。

「もとより農民芸術も美を本質とするであらう」――農民芸術も、芸術である以上、当然美を本質とするという考えは、芸術を美との本質的な関係でとらえる、近代的な通念の枠内にあるといえるかもしれない。しかし「われらは新たな美を創る」――農民芸術がめざすのは、たとえば近代的な美学によって規定され、あるいは通念化された「美」とは、まったくことなったものでなければならない。そして「美学は絶えず移動する」――美は、歴史的、社会的に変化するものであり、「美学」は、その変化に応じて、たえずその視点を移動しなければならない。『美』の語さへ滅するまでに　それは果なく拡がるであらう」――美は、これまでの「美学」の枠組をはるかに超え、「美」という既成概念ないし既存の「語」がもはや意味をもたなくなるまでにひろがってゆくだろう。(18)これらのことばは、美を本質とするといいながら、むしろ農民芸術が従来の芸術とはまったくことなることを主張している、そうみることができるのではないだろうか。

近代の末ごろ、芸術を美の聖域ととらえ、それゆえに芸術は現実から、実生活から離脱すべきと考える、「高踏派」とよばれるひとびとがいた。ある意味では芸術の純粋性、自律性を極端にまで追求したものといえ、近代的な芸術のたどりついたひとつの極点ともいえるが、そのためにかれらが、社会やひとびとの具体的な生活から芸術を遊離をさせたことも否定できない[19]。それにたいして、農民芸術は、実人生を肯定し、それと積極的にかかわり、それをふかめ、たかめるという役割をはたすべきとされるのだから――「その常に実生活を肯定しこれを一層深化し高くせんとする」[20]――、領域の自律性をなによりも重んじる近代的な芸術の枠組を、それはおおきく逸脱することになるだろう。事実そこには、従来の芸術領域だけではなく、近代の美学ではおおむね否定的にとらえられていた写真や映画が、さらには「演説　論文　教説」「園芸営林土地設計」「料理と生産」「労働競技体操」までがふくまれるとされている。農民芸術は、人間の活動領域のほぼすべてをおおおうとさえみることができるだろうし、だからこそ「われらの芸術は新興文化の基礎である」といわれるのだろう[21]。

このような芸術における作者（「産者」）のありかたも、当然それまでのものとはおおきく変わらざるをえない。「誰人もみな芸術家たる感受をなせ／個性の優れる方面に於て各々止むなき表現をなせ／然もめいめいそのときどきの芸術家である〔……〕ここには多くの解放された天才がある」[22]――かつて芸術家は、たぐいまれな能力の持ち主（天才）として、一般のひとびとから截然と区別されていたが、ここではだれでも芸術家になりえるのだし、天才もかつてのような特別な（まれな）位置から「解放され」、「幾億の天才」が「併び立つ」ことになる。たとえば、会うひとごとに「汝當作佛」（汝は当に仏と作《な》るべし）と語ったという常不軽菩薩《じょうふきょうぼさつ》のように[23]、賢治もまたすべてのひとに天才（芸術家）の可能性をみていたのかもしれない。

制作のありかたも、当然変わらなければならない。「農民芸術の製作……いかに着手しいかに進んで行ったらいいか……」という項目はつぎのようにはじまる、「世界に対する大なる希願をまづ起せ／強く正しく生活せよ　苦難を避けず直進せよ」――世界にたいする考えかたあるいは態度を根本からあらためることが、生活をただし、苦難をそれとして受けとめることが、まず要請される。そのあとの数行で述べられていることは、かならずしも独自の考えではないが、そのことはいま問題ではない。そしてこの項目はつぎのことばでおわる。「なべての悩みをたきぎと燃やし　なべての心を心とせよ／風とゆききし　雲からエネルギーをとれ」――すべてのひとの悩みをわが悩みとし、すべてのひとの心をわが心とすること、そして自然と往還し、自然から制作のみなもとをえること、それがあるべき芸術の制作にほかならない[24]。その「おはなし」は虹や月あかりや山の風から聞いたものだという賢治のことばを、たんなるレトリックとしてではなく、このような独自の芸術観のあらわれとみるべきではないだろうか。

賢治がふかく帰依していた『法華経』は、というよりほぼすべての仏教の経典は、「如是我《によぜが》聞《もん》」（かくのごとく　われ、聞けり）ということばではじまる。「如是」という語は、そのままに信じるという意味をもつというから（→補説3）、釈迦が教え説くすべてを「我」は聞き、そのままに信じ、かつ語り伝える、そのような意味なのだろう。この「我」が具体的にどのような存在なのか、経典そのものはまったく語らないが、釈迦という絶対的な存在にすべてをささげ、そのことばをそのままに語るひとが、どのような存在なのかは、おそらく問題にならない。この「我」は、ひたすら釈迦のことばをくりかえす（模倣する）だけで、自分自身の観点から語る（表現する）ことをいっさいしない。その意味では、「如是我聞」は、伝承（伝聞）のあるべきすがたをしめしているともいえる。自然を、宇宙を全面的に信じていたからこそ、賢治はその「声」を、その「語るもの」を聞くことができたのだろうし、だからこそかれは、それをそのままに語りつたえようとしたのだろう。あえていうなら、「序」は、経典における「如是我聞」に相当するのかもしれない。

ですから、これらのなかには、あなたのためになるところもあるでせうし、ただそれつきりのところもあるでせうが、わたくしには、そのみわけがよくつきません。なんのことだか、わけのわからないところもあるでせうが、そんなところは、わたくしにもまた、わけがわからないのです。

聞いたことをそのまま話したので、わからないところがあったとしても、わたしには説明ができない——このことは、ある意味では、まえのことばをさらに敷衍したものといえるだろう。しかしここで重要なのは、前半の部分ではないだろうか。これらの「おはなし」のなかには、あなたのためになるところもあるだろうし、それっきりの、なんの役にもたたないところもあるかもしれないが、その区別が、わたくしにはできない——「ためになる」とは、なにか実際の役にたつこと、あるいはそれまで知らなかったことを教えてくれること、いいかえれば「効用的（実用的）」あるいは「啓蒙的（教訓的）」であることを意味するのだろう。しかし賢治は、これらの「おはなし」が「ためになる」かどうか、わからないという。このことは、これらの「おはなし」が、もともと効用的、啓蒙的なものとしては書かれていなかったことを、暗々裡にしめしているのではないだろうか。

> けれども、わたくしは、これらのちいさなものがたりの幾《いく》きれかが、おしまひ、あなたのすきとほつたほんたうのたべものになることを、どんなにねがふかわかりません。

賢治が願ったのは、これらの「おはなし（ちいさなものがたり）」が「すきとほつたほんたうのたべものになること」なのだが、ここでいわれている「ほんたうのたべもの」とは、たとえば「序」の冒頭にいう「きれいにすきとほつた風《かぜ》」であり「桃《もゝ》いろのうつくしい朝《あさ》の日光《につくわう》」なのだろう。だからそれは、滋養のためのものでも、また知識欲をみたすためのものでもない。「すきとほつた」「うつくしい」ということばは、おそらく具体的、現実的な枠組から自由であることを強調しているのだろう。そのようなたべもの（おはなし）をたべて（読んで）、あなた（読者）がうつくしくすきとおったこころをたもつこと、あるいは、あなたのこころがよりうつくしくなり、よりすきとおること、それこそが、おそらくはそれだけが、賢治の願ったものではないだろうか。

『春と修羅』のふたつの「序」の、一方が現象＝詩人であることの宣言であり、他方が農民として書くことの決意の表明であるのにたいして、この「序」には、そのような主張――意図の表明――は、まったくみとめられない。語られているのは、「虹《にじ》や月《つき》あかり」からもらった「おはなし」をそのまま語るという、いわば「ものがたり」の由来であり、この「おはなし」があなたにとって「ほんたうのたべもの」になればという、つよい願いであり、あるいは祈りでさえある。ところで「序」の全体は、あたかもこどもにむけてやさしく語りかけるような口調（文体）をもっており、ここでの「あなた」が「こども」であることを示唆しているともいえるが、しかし「序」が語るものは、けっしてこどもにだけむけられたものではないし、あの願いは、むしろすべてのひとにかかわるのではないだろうか。考えかたによっては、あの願いは、賢治の文学のすべてにおよび、しかもその基層をかたちづくるものであり、宗教的な祈りに、さらには仏教にいう「誓願㉕」に通じるものかもしれない。

宮澤賢治というひとが、『法華経』のおしえにふかく帰依していたことは、かれ自身の作品、書簡そして覚え書き、さらにはその行動などから知ることができる。ここでは、保坂嘉内（一八八七〜一九三七）――盛岡高等農林専門学校の寮で賢治と同室、親友のひとりといってよいだろう――にあてたおおくの書簡から、ひとつだけ例をあげてみよう。「〔……〕私は愚かなものです。何も知りません　たゞこの事を伝へるときは如来の使と心得ます。保坂さん。この経に帰依して下さい。総ての覚者（仏）はみなこの経に依て悟つたのです。総ての道徳、哲学宗教はみなこの前に来つて礼拝讃嘆いたします。この経の御名丈をも崇めて下さい。／さうでなかつたら私はあなたと一諸に最早、一足も行けないのです。さうであつたら仮令あなたが罪を得て死刑に処せらるゝときもあなたを礼拝し讃嘆いたします。信じて下さい㉖。」また、「雨ニモマケズ」として知られる覚え書きに「ミンナニ／デクノボート／ヨバレ／ホメラレモセズ／クニモサレズ／サウイフ／モノニ／ワタシハ／ナリタイ㉗」とある「サウイフモノ」が、さきにあげた常不軽菩薩をモデルとしていることも、おそらくたしかだろう――なおこの覚え書きの末尾には、おおきく「南無妙法蓮華経」と記されており、この覚え書きと「法華経」のふかい関係をうかがわせている（↓補説4）。

『法華経』の信仰が、賢治の思想ないし世界観におおきな影響をおよぼしたことは、否定できないだろうし、また『法華経』とかれの作品——とくに童話——との関係については、すでにおおく論じられているようだ。たしかに、「雨ニモマケズ手帳」の「◎高知尾師ノ奨メニヨリ／1、法華文学ノ創作／名ヲアラハサズ、／報ヲウケズ、／貢高ノ心ヲ離レ／2、／／　奉安　妙法蓮華経全品　立正大師滅后七百七拾年」という文章は、二者のあいだの密接な関係を示唆しているし、またかれの作品に『法華経』からの引用とおもわれる文言が頻出することも事実であり、一見難解なことばあるいは譬喩などが、『法華経』との対比によって理解可能になることもあるだろう。ある意味ではたしかに多義的で、ときに謎めいてさえいる賢治の作品が、『法華経』という解読格子《グリッド》をとおすことによって、明確な意味に規定されることも、おそらくすくなくはないだろう。

しかしこのことは、賢治がその作品、とくに童話を『法華経』を教えひろめるための手段と考えていたことを、いささかも意味はしない。さきに『注文の多い料理店』の「おはなし」は、けっして実用的、啓蒙的なものとして書かれてはいないと述べた。このことは、賢治のすべての作品についてもいえるように思う。その作品の深奥には、おそらくさきに述べた意味での「願い」が秘められており、『法華経』とかかわるのは、その「願い」なのではないだろうか。賢治の作品を『法華経』という解読格子をとおすことによって、その作品はたしかにより理解しやすい

――理性的に把握できる――ものになるかもしれないが、その深奥にひそむ「願い」にふれるためには、おそらく意識の根源的な回心が、既存の枠組を超え出ることが必要なのだろう。いやそうではなくて、むしろ賢治の作品そのものが、回心を、超出をうながしているのかもしれない。

釈迦が涅槃《ねはん》にはいったあとに『法華経』を護持し、それによってひとびとを救済するというむずかしい役割をになうのが、もろもろの菩薩なのだが、そのなかで「地涌《じゆ》の菩薩」は、そのありかたからみて、注目すべきもののように思われる。いろいろな国土から集まっていた菩薩らが、「お亡くなりになられたあと、お許しいただけるのなら、わたくしどもがこの国（娑婆世界）でこの経を説きたいのですが」と釈迦に願ったとき、釈迦が「わたくしの娑婆世界には、無数の菩薩などの求法者がいるので、その必要はない」と述べると、そのとたん「娑婆《しやば》世界の三千大千の国土は、地、皆、震裂《しんれつ》して、その中より、無量千万億の菩薩・摩訶薩ありて、同時に湧出《ゆじゆつ》」したという。(30) 大地の裂目から、水が湧き出るように出現し、「法華経」による衆生の救済を願う数しれない菩薩のすがたは、イーハトーヴの大地に根ざして暮らす無数のひとびと（衆生）の救済を願う（祈る）、数おおくののひとびとのなかのひとりである――そう自覚する――賢治にとって、きわめて親しいものだったのではないだろうか。「地湧の菩薩」が、少数の選良ではなく、はかりしれない数の存在であり、その点ではあきらかに衆生と通じることが、ここでは重要なのだろう。「すべてがわたくしの中のみんなであるやうに／みんなのおのおののなかのすべてですから」（「春と修羅　序」）ということばも、このような脈絡のなかでとらえることができるかもしれない――わたくしのなかにも、みんなのなかにも、すべてひとしく「救済」の――救済し、救済される――可能性があるのだから、わたくしとみんなのあいだには、ちがいなどはない……。

賢治の作品にふれるひとはだれでも、あふれんばかりのイメージと、その流動してやまない戯れに魅了され、あるいはまた、銀河宇宙の果てにまでひろがるその世界の広大さにおどろくのではないだろうか。そしてそれもまた『法華経』の反映なのだろう。たとえば『旧約聖書』などがしめしているように、もともと聖典のおおくは、豊穣なイメージないし物語と、広大な世界をもつのだが、『法華経』は、そのことについては、抜きん出たものといえるのではないだろうか。この経典は、仏陀（釈迦）の霊鷲山《りょうじゅせん》における説法を中心的な経《たていと》とし、たとえば文殊菩薩をはじめとするおおくの、そしてさまざまな語り手の語りを緯《よこいと》として織りあげられた、ひとつの巨大な織物《テクスト》といえるが、冒頭の説法の場の具体的な描写――たとえばそこに居合わせた菩薩、神々、竜王らの名を克明に列挙し、その膨大な数をいちいち具体的な数字としてあげるなど――がしめしているように、それはまた壮大な物語でもある。釈迦が説法をおえ、瞑想にはいるやいなや、天から無数の花々が降りそそぎ、その白毫[31]から光が放たれ、「東方万八千の世界」を照らし出し、その光は「下は阿鼻《あび》地獄に至り、上は阿迦尼咤《あかにた》天に」[32]まで達したので、そこに住むあらゆる仏や菩薩、さまざまの修行者たち、そして一般のひとびとのすがたが、すべてはっきりみえた[33]、そう経典はつづける。釈迦の、そして釈迦が説く『法華経』の偉大さが、きわめて具体的なイメージとして描かれているといえるだろう。このような通念の枠組を超えた「物語」のありかた、それが描き出す世界の広大無辺、そしてイメージの自在な戯れ、これらのことを、賢治は『法華経』から感じとったのではないだろうか。

『法華経』にはまた、一般には理解のむずかしい仏の教えを、具体的な例をもちいてわかりやすく説いた「たとえ話」がふくまれており――「法華経七譬喩」――、そのなかには「三車《さんしゃ》火《か》宅《たく》の譬喩」のように、ひとびとによく知られたものもふくまれている(34)。たとえ話によって、それとしては理解の困難なことを、こどもにむけてやさしく語る、それは「童話」というものの基本ではないだろうか。「諸々《もろもろ》の智有る者は、喩譬《ゆひ》をもって解《さと》ることを得ればなり(35)」、仏が譬喩を語るのはそれゆえなのだが、賢治はこどもに「虹《にぢ》や月《つき》あかり」から聞いた「おはなし（たとえ話）」を語り聞かせることによって、こどもがその「すきとほつたこころ（智）」をたもつことを、世俗にまみれたまなざしではとらえられない、ものごとの真のすがたを見ることを、願ったのではないだろうか。

『法華経』と賢治の関係を全体としてとらえ、そして明確に語ることは、わたくしには到底できそうにもない。ただ、さきにも述べたように、かれがその文学――詩や童話――を『法華経』の布教手段と考えていなかったことは、たしかだと思う。その文学は、ひとつの自律した世界をつくりあげており、その世界には、『法華経』の知識なしに、というより、どのような予備知識もなしに、だれでもが自由にはいり、そのゆたかなイメージを楽しむことができる――小学生のわたくしが『注文の多い料理店』の「物語」を楽しんだように。たしかにかれの作品、とくに詩には、一般的な語彙にはない難解な語が頻出し、また語のつらなりも通念的な枠組を超えて飛躍し、曲折するために、容易には理解しがたいかもしれない。しかし、専門のひとびとはべつにして、見なれない語のまわりを、理解の手がかりをもとめてうろつき、異様ともおもえる語のつらなりに、なんとか整合性を見出そうとあがくうちに、なぜか知らずイマジネーションが刺激され、思いがけないイメージが現出するというおどろき（楽しみ）を味わうことがあるのではないだろうか。語をひとつの意味にさだめ、語の脈絡を整合的にとらえようとすることが、このような思いがけない体験をかえって阻止することもあるだろう。『法華経』の賢治文学にたいする影響は、その意味的な表層――「語られたもの」――にではなく、むしろその深層に――イメージのありかたや基本的な語りかたに、そしてさらにその内奥にあるだろう世界にたいする基本的な態度や「気分」に――あらわれているように思われるのだが、しかしそのことを明確に（論理的に）述べることは、ここでは断念するしかないようだ。

賢治と『法華経』の関係は、文学（芸術）と宗教という、より一般的な枠組のなかでとらえなおすことができるかもしれない。芸術と宗教のあいだに、密接な、おそらくはそれぞれの本性に由来する関係があることは、おおくの宗教芸術の存在からもあきらかだろう。もっとも、初期キリスト教やイスラム教のように、偶像礼拝を禁じる宗教のあることもたしかだが、その場合でも、それぞれの聖典の存在がしめすように、ひろい意味での物語——言語表現（芸術）——との関係は、もちろん否定されていないし、またおおくの典礼からあきらかなように、聖典の朗唱などをふくんだ音楽との関係は、むしろ積極的にとらえられているといえるだろう。そして、仏教の寺院やキリスト教の教会そしてイスラム教のモスクなど、それぞれの宗教に特有の建築もわすれてはならないだろう。

おおくの宗教は、それぞれの創始者（開祖）が、神や仏など超越的な存在からうけた神秘的な啓示ないしは予言を、一般のひとびと（衆生）に伝え、教えることをその基本としており、そのために、創始者（開祖）のことばを書き記した書物（聖典）においては、さまざまな譬喩がもちいられており、また創始者（開祖）に関するできごと——たとえばさまざまな奇跡など——が、ひとつの物語として語られることがおおい。「聖典」は、その意味では言語表現（文学）にとって、もっとも重要なモデルであり、またひとつの源泉となっているといえるだろう。

一方、芸術と宗教の関係を、学問的（哲学的）にとらえようとするくわだても、かずおおくなされている。たとえばヘーゲル（Georg Friedrich Hegel, 1770-1831）の独自な哲学体系においては、芸術、宗教そして哲学（学問）は、「理念」の展開の最終段階である「絶対的精神」の領域ととらえられているが、芸術が絶対的精神を具体的な対象（形態）との関係において、感覚的なイメージとしてとらえるのにたいして、宗教はそれを純粋に内面的なイメージ（表象）としてとらえるというちがいがあり、理念の展開の段階としてみれば、芸術は宗教の前段階にあたると考えられている。ヘーゲルの考えを要約することは、きわめてむずかしいが、思いきって単純化すれば、芸術と宗教は、感覚的、内面的というちがいはあるにしても、ともにイメージと本質的に関わるという点で、密接な関係におかれているといえるだろう。[36]

こうして、芸術と宗教の関係は、事実的にも、理論的にも、けっして偶然のものではなく、それぞれの本質にもとづいた、ある意味では必然的なものということができるだろう。賢治は関徳彌（一八九九〜一九五七）宛の書簡で「これからの宗教は芸術です、これからの芸術は宗教です」と述べているが、[37]あるいはかれなりに二者の関係について考えていたのだろうか。「曾てわれらの師父は乏しいながら可成楽しく生きてゐた／そこには芸術も宗教もあった／いまわれらにはただ労働が、生存があるばかりである／宗教は疲れて近代科学に置換され然も科学は冷たく暗い／芸術はいまわれらを離れわびしく堕落した」[38]――近代の工業化社会、いくぶん型にはまった言いかたをすれば、人間的ないとなみであるべき労働が疎外された社会のなかで、失われた宗教と芸術本来のありかたをとり戻すこと、それが賢治のおおきな関心事だったのだろうか。あるいはこれらのことについては、「農民芸術概論綱要」を精読することによってあきらかにすることができるかもしれないが、いまはその余裕がない。

　ところで、『注文の多い料理店』「序」のなかで、賢治は「きれいにすきとほつた風《かぜ》」や「桃《もゝ》いろのうつくしい朝《あさ》の日光《につくわう》」のようなたべものが、また「ぼろぼろのきもの」がかわった「すばらしいびらうどや羅紗《らしや》や、宝石《はうせき》いりのきもの」がすきだとのべている。わたくしは、このことばから、気ままに、さしたる根拠もなしに、こんなことを考える——そのような感性の傾向をもった賢治が『法華経』にふれたとき、かれはそこに「きれいなたべものやきもの」を見出したのではないだろうか、かれにとって『法華経』が「すきとほつたほんたふのたべもの」になったということはないだろうか、そして、その「たべもの」が「ほんたふのたべもの」にたいするかれの思いをさらつよめたということはないだろうか、そのような思いがつよまったとき、「ほんたふのたべもの」を、おおくのひとびとと共有したいというつよい願いが、かれのなかに生まれたのではないだろうか……。あるいはまた、つぎのように考えることができるかもしれない——『法華経』のゆたかなイメージに触発されて、かれのなかにもともとあったイメージがゆたかさを増し、やがてそれは、もはやかれのなかにおさまりきれないほどにゆたかになってゆく、そのときかれは、虹や月あかりからイメージ＝物語をもらったように、ひとびとに自分のイメージ＝物語をおくろうとしたのではないか。自然（宇宙）と自分とこどもたち——イーハトーヴのひとびとそして衆生――を、いわば無償の「贈与」という関係でむすびつけること、賢治がめざしたのは、あるいはこのことだったのかもしれない。

賢治のこのような願い（祈り）が、「序」のむすびのことば――「けれども、わたくしは、これらのちいさなものがたりの幾《いく》きれかが、おしまひ、あなたのすきとほつたほんたうのたべものになることを、どんなにねがふかわかりません。」――に凝縮しているとみなし、また、さきに述べたように、この「あなた」が、こどもにかぎらず、すべてのひとびと（衆生）をさしていると考えるならば、この「序」は、ただたんに賢治の最初の刊行物である『注文の多い料理店』の「序」としてだけではなく、その後しだいにかたちづくられてゆくかれの作品世界の全体の「序」としても読むことができるのではないだろうか。

「序」の中段を思いきって要約してみよう――「これらのわたくしのおはなしは、かしはばやしの青い夕方を、ひとりでとおりかかったり、十一月の山の風のなかに、ふるえながら立ったりしながら、虹や月あかりからもらってきたのです」。いまこころみに「かしはばやし」「夕方」「山」「風」「虹」「月あかり」という語を、すべて「自然」という語に置換したうえで、さきの要約をさらに読みかえてみよう――「これらのわたくしのおはなしは、自然を対象化するのではなく、そのなかに没入し、それと共鳴しながら、自然からもらってきたのです」。「序」にはまた「朝」「日光」「はたけ」「森」「林」「のはら」など、「自然」に包摂される語がおおく使用されており、そのことを強調するなら、「序」は、賢治と自然のあいだにある、ある特別な関係を示唆しているとみることも、けっして不可能ではない。

賢治にとって自然とはなにか、たしかにこれは、きわめて興味ある問題だが、それだけにまた容易には解決不可能なものでもある。ただつぎのことはいえるかもしれない。賢治にとっての自然は、まずはイーハトーヴの大地と、そこではたらくひとびとであり、ついでそれを包摂する地史的な時間のひろがりであり、さらには天文学的な時空のひろがりをもつもの（大宇宙）であり、最終的には『法華経』が描きだす無限の時空と照応するものではなかっただろうか。そしてその時空はまた、「心象」としてみずからのうちにとりこまれていたのではなかっただろうか。べつにいえば、かれの自然とは、自然科学的な知見と、その構想力によって、独自のものとして構築された、その外でもあり内でもあるもの、作品の源泉でもあり作品そのものでもあるものではなかっただろうか。

このテクストもまた、特別の結論にたどりつくことなく、かえって解決の困難な問題をあらわしだしておわることになったが、このみじかい、そしてやさしく書かれた（語られた）「序」のことばを、そのままにたどった結果、あたらしく、おおきな、そして簡単には解決できない問題があらわれでたことを、むしろよろこぶべきかもしれない。

補説1

「ドリームランドとしての日本岩手県」――『注文の多い料理店』の刊行にあたってつくられた広告用ちらしの、おそらくは賢治自身が書いたと思われる広告文のなかのことば。参考のために、その広告文の一部を引用してみよう。

イーハトヴは一つの地名である。強て、その地点を求むるならばそれは、大小クラウスたちの耕してゐた、野原や、少女アリスガ《ママ》辿つた鏡の国と同じ世界の中、テパーンタール砂漠の遥かな北東、イヴン《ママ》王国の遠い東と考へられる。

実にこれは著者の心象中に、この様な状景をもつて実在したドリームランドとしての日本岩手県である。そこでは、あらゆる事が可能である。人は一瞬にして氷雲の上に飛躍し大循環の風を従へて北に旅する事もあれば、赤い花杯の下を行く蟻と語ることもできる。罪や、かなしみでさへそこでは聖くきれいにかゞやいてゐる。[39]

「大小クラウス」は、アンデルセン童話中の人物だが、ここでは、物語そのものとは関係なく、つぎの「アリス」とともに、イーハトヴ（イーハトーブ）が、実在する場ではなく、想像上の場であることを意味しているのだろう。「テパンタール砂漠」がおそらくタゴール（Rabindranath Tagore, 1861-1941）の詩『舟人』（*The Sailor*）と「異国」（The Land of Exile）（*The Crescent Moon*, 1916）からの、「イヴン（イヴァン）王国」がトルストイ（Lev Nikolayevich Tolstoi, 1828-1910）の『イワンのばか』（*Skazka ob Ivane-Durakae*, 1885）からの引用であることも、おなじ意味をもつのだろう。全体としては、「イーハトーヴ」が、広大な想像の世界の、ある特定の位置に、たしかに存在する（実在する）ことを言っているのではないだろうか。

『イワンのばか』の物語は、よく知られているので、ここでは、参考までに『舟人』と『異国』の該当する部分を、タゴール自身による英語訳で引用しておく。

The Sailor

………………………

We shall set sail in the early morning light.
When at noontide you are bathing at the pond, we shall be in the land of a strange king.

We shall pass the ford of Tirpurni, and leave behind us the desert of Tepantar.
When we come back it will be getting dark, and I shall tell you of all that we have seen.
I shall cross the seven seas and the thirteen rivers of fairyland.

The Land of Exile

……………………………

Mother, I have left all my books on the shelf—do not ask me to do my lessons now.
When I grow up and big like my father, I shall learn all that must be learnt.
But just for to-day, tell me mother, where the desrt of Tepantar in the fairy tale is?[40]

補説2

印刷という機械技術によって書物が大量に生産され、多様な経路をとおして販売される——むしろ拡散される——ようになった時期の作者と読者の、いわば抽象的な関係を、ここでは想定している。このような時代には、手書きの物語の場合にはともかくも可能であった作者と読者の、おなじ空間内での共存は、たとえば作家のサイン会などのような機会をのぞけば、ほとんどないし、しかもサイン会で作者が出会う読者は、むしろ特異な、そしてほぼ絶対的な少数者でしかなく、読者全体を代表（表象）するものでもない。だからこそかえって、虚構の力を借りて、読者との関係を具体的なものにしようとする、さまざまなくわだて——技法の探求——がなされたのかもしれない。[41]

補説3

経典の冒頭に「如是」という語がおかれる理由を、龍樹（Nagarjuna, ca, 2c.）の著とされる『大智度論』は、つぎのように述べているという——「如是の意味は信にほかならない。もし人の心に清らかな信があればこの人は仏法にはいることができ、信じない場合には、この事がらはこの通り（如是）ではないという。これは不信のすがたである。信じる場合には、この事がらはこの通りであるという[42]」語るひとを、語られるものを、全面的に信じ、そして理解する——自分自身のものにする——こと、それがおそらく「如是我聞」の意味するものなのだろう。

補説4

『法華経』そのものについて、またそれと賢治との関係について、詳細に述べるだけの知識をわたくしはもたない。ただ、賢治を知るうえで、常不軽菩薩がひとつの鍵となることはたしかだと思われるので、以下に、参考として、常不軽菩薩にかかわる『妙法蓮華経（法華経）』の一部を、書き下し文で引用しておく。

この比丘［常不軽菩薩］は、凡そ見る所有らば、若《ある》いは比丘《びく》・比丘尼《びくに》・優婆塞《うばそく》・優婆夷《うばい》を皆悉く礼拝《らいはい》し讃歎《さんたん》して、この言を作せばなり。／『われ深く汝等を敬《うやも》う。敢えて軽《かろし》め慢《あなど》らず。所以《ゆえ》は何《いか》ん。汝等は皆菩薩の道《どう》を行《ぎょう》じて、当に仏と作ることを得べければなり』／と。しかも、この比丘は専ら経典を読誦《どくじゅ》するにはあらずして、但、礼拝《らいはい》を行ずるのみなり。乃至《ないし》、遠くに四衆を見ても、亦復《また》、故《ことさ》らに往きて礼拝し讃歎して、この言を作せり／『われ敢《あ》えて汝等を軽《かろ》しめず。汝等は皆当に仏と作《な》るべきが故なり』／と。四衆《ししゅ》の中に、瞋恚《しんに》を生《おこ》し心浄《きよ》からざる者ありて、悪口《あっく》し罵詈《ののし》りて言く／『この無智の比丘は、何れの所より来たるや。自ら、われ汝を軽《かろ》しめず、と言いて、われ等がために、当に仏と作ることを得べし、と授記《じゅき》す。われ等は、かくの如き虚妄《こもう》の授記《じゅき》を用いざるなり』／と。かくの如く、多年を経歴《きょうりゃく》して、常に罵詈《ののし》らるるも、瞋恚《しんに》を生《おこ》さずして、常にこの言を作せり／『汝は当に仏と作るべし』／と。この語を説く時、衆人《もろびと》、或いは杖木《じょうぼく》・瓦石《がせき》を以ってこれを打擲《うちたた》けば、／避《さ》け走《はし》り、遠くに住《とど》まりて、猶《なお》、高声《こうしょう》に唱《とな》えて言《い》わく／『われ敢えて汝等を軽しめず、汝等は皆仏と作るべし』／と。それ、常にこの語《ことば》を作すを以っての故に、増上慢《ぞうじょうまん》の比丘・比丘尼・優婆塞・優婆夷は、

これを号《なづ》けて常不軽《じょうふきょう》となせるなり。(43)

なおいわゆる「雨ニモマケズ手帳」には、「あるひは瓦石さてはまた／刀杖もって迫れども／見よその四衆／に具はれる／仏性なべて／拝をなす／不軽菩薩(44)」とあり、「雨ニモマケズ」が、引用した経文と密接な関係にあることをしめしている。

おわりに

「はじめに」でも述べたように、もともと研究会メンバーの要望に応えるために、ある意味では窮余の一策としてこころみたのが、みっつの「序」のことばをひたすらにたどる、ということだった。だから、そのこころみの結果として、賢治の人物像が、あるいはその作品の特質が、たとえいくぶんかではあれ、あきらかになるのではという心づもりは、はじめからなかった。ただ、ことばをたどりながら、これらみっつの「序」が、それぞれ、詩人＝賢治のありかたを、詩人＝賢治の生を、そして詩人＝賢治の願いを、ともかくも主題にしていること、というより、そのように読めることに気づいたが、だからといって、みっつの「序」のなんらかの関係をとおして、賢治の、あるいはその詩の全体的なすがたがあらわれる、というのではまったくなかった。たしかなこととしていえるのは、このこころみをとおして、とらえがたかった賢治の世界にいたる道筋が、おぼろげにではあれほのみえてきたこと、あるいは、さきゆきのみえないままに、道筋の端にようやくたどりついたということでしかない。みっつの「序」についてのテクストが、それぞれそうであったように、このテクスト全体もまた、特別の結論に達することなくおわることになる。

「Ⅲ」の箇所で、すこしばかり『法華経』に言及した。賢治が『法華経』にふかく帰依していたこと、それへの信仰を生涯もちつづけたことは、否定しがたい、というよりはたしかなことなのだが、わたくしとしては、『法華経』にかかわることは、できれば避けたかった。というのも、仏教にたいしてはひとなみの関心をもってはいるものの、それに関する知識はなきにひとしく、また、文庫本で『法華経』に目をとおし、いくつかの啓蒙的な書物を読んだだけの、しかもありきたりの無信心者にすぎないわたくしには、このことを論じる資格は皆無にちかいといわざるをえないのだから。にもかかわらず、『注文の多い料理店』の「序」から、その深層にあるだろう賢治の願い（誓願）を読みとってしまった以上、たとえ簡単な、そして不完全なものであれ、『法華経』への言及は避けられないものだった――自業自得というべきかもしれない。その結果については、あらためていうまでもないだろう。いまのところわたくしは、『法華経』をとおして賢治を読むよりは、むしろ賢治をとおして『法華経』を読むことにこころをひかれている。

いま賢治に関する言説が多種多様をきわめていることについては、「はじめに」でもふれた。おおくのひとにとって、賢治はそれだけ魅力的なのだろうし、またおおくのひとは、それだけ賢治を愛してもおり、だからこそかれを「賢治」とよぶのだろう——わたくしもそのひとりなのだが……。たしかに賢治というひとは、あるいはその生き方は、ひとをひきつけてやまない「なにか」をもっているようだ。いったんかれを知ると、もっと知りたくなり、やがてはかれについてなにかを言いたくなるのかもしれない。ただ、わたくしには、いま賢治について、あまりにもおおくが語られているように思われるし、論者のなかには、おそらくはかれにたいする愛情のあまりだろう、かれを自分にひきつけて語っているひとも、ときにいるように感じられる——もっともこれは、わたくしの僻目にすぎないのだろうが。そんなとき、わたくしは『きけ　わだつみのこえ』のなかの、「烏の北斗七星」に言及したある手記をなんとなく思い出す。昭和のまだはやい時期に、すでに賢治を読んでいた学生がいたことも、ちいさな驚きだが、この童話にこめられた賢治の「願い」を率直に感じとり、それに自分の痛切な願いを重ねあわせた文章は、それが書かれた状況を考えあわせると、ひとつの奇跡のようにさえ感じられる。その一部を引用してみよう。

つぎに宮澤賢治の「鳥の北斗七星」における戦争観を敷衍《ふえん》して、僕の今の気持ちを記してみよう。〔……〕／僕の最も心を打たれるのは、〔鳥の〕大尉が「明日は戦死するのだ」と思いながら、「わたくしがこの戦いに勝つことがいいのか、山鳥の勝つ方がいいのか、それはわたくしにはわかりません。みんなあなたのお考えの通りです。わたくしはわたくしにきまったように力一ぱいにたたかいます。みんなあなたのお考えの通りです」と祈る所と、山鳥を葬《ほうむ》りながら「ああ、マジエル様、どうか憎むことのできない敵を殺さないでいいように早くこの世界がなりますように、そのためならば、わたくしのからだなどは何べん引裂かれてもかまいません」という所に見られる「愛」と、「戦」と、「死」という問題についての最も美しい、ヒューマニスティックな考え方なのだ。人間として、これらの問題にあたる時、これ以上に人間らしい、美しい、崇高な方法があるだろうか。そして本当の意味での人間としての勇敢さ、強さが、これほどはっきりと現れている状景が他にあるだろうか。「童話」だとあっさり片付けまい。〔佐々木八郎、一九四二（昭和十七）年、東京帝国大学経済学部入学、一九四三（昭和十八）年十二月九日、横須賀の武山海兵団に入団、一九四五（昭和二十）年四月十四日、沖縄海上で昭和特攻隊員として戦死。二十二歳〕(1)。

いま、おなじ年ごろのひとが、あるいは専門のひとが、この文章をどう読むのか、わたくしにはわからない。ただわたくしには、賢治に関する言説がいわばあふれているいまの状況のなかで、この文章は、いっさいの予断なしに——ある意味では「白紙《タブラ・ラサ》」の状態で——賢治の童話にむかい、そこから読みとれるかぎりのものを読みとりたいという、この読者の願いを反映した、きわめてまれなもののように思われる。もし「宮澤賢治受容史」というものがあるとしたら、この文章は、そこで、ひとつの時期を劃するものとして、たかく評価されるべきではないだろうか。

おなじ手記には、賢治に言及したつぎのような文章もふくまれている。

宮澤賢治の諸篇を再び読む。「全体が幸福にならない中は個人の幸福はあり得ない。」「既成の宗教や道徳の虚飾、虚偽でなく、正しい美しいものの芽を示す」などに今更のような感銘を覚える。／「グスコーブドリの伝記」などに描かれているユートピア、たしかにその通りだと思う。私的生産の矛盾、戦争の矛盾、何でも判りきったことなのだ。要はそのユートピアを如何に実現するかということだ。問題はそれだけだ。ロシアの様子はまた一つの暗示である。世界は正しい道を歩みつつある。本当に滅私奉公を実現される社会が実現され、各自の才能に応じて最善の努力を尽くす者がそれだけ報いられるということの保証される世界にすることだ。そこでのみ人は自分の道を真直ぐに歩くことが出来る。些々《ささ》たる事は問うべきでない。これからの社会を導く理念は、仕事と愛を通じての歓喜だ。(2)

「世界がぜんたい幸福にならないうちは個人の幸福はあり得ない[3]」ということばを、なんの留保条件もなしに、全面的に肯定することに、いま、おおくのひとは——わたくしもそのひとりだが——あるためらいをおぼえるのではないだろうか。それには、現在の社会や思想の状況をふくめ、いろいろな原因があると思う。それはともかく、このことが、賢治の、ある意味では根源的な願いであったことはたしかだと思う。その願いを、この青年は、なんのてらいもなくそのまま受けとり、しかもそれが実現するだろう社会をさえおもいえがいている。かれにとって、賢治のえがくユートピアは、どこにもありえない世界ではなく、「仕事と愛」によって実現可能なものだったのだろう。（すべてがわたくしの中のみんなであるやうに／みんなのおのおののなかのすべてですから）（『春と修羅』「序」）という、とらえがたい、そして多様な解釈の対象になっていることばも、この青年にとっては、あるいは自明のものだったのかもしれない。この、あるべき社会について思索をかさねていた青年から、その未来を不条理にも奪いさったのは、かれが、賢治をとおして、その不条理を見すえていた戦争だった。

本筋からはおおきくはずれるかもしれないが、つぎのことは述べておきたい。いわゆる「学徒出陣」は、一九四三（昭和十八）年十月二日に発令され、即日執行された「在学徴集延期臨時特例[4]」にもとづいた、大学生、高等学校生、高等専門学校生などにたいする「徴兵猶予」（「兵役法第四十一条」の規定）の停止によるものだったが、そのとき理工系、医学系そして教員養成系の学生には適用されなかったという。戦没学生のなかで文系出身者が圧倒的におおいのは、おそらくこのことによると思われる。たぶん文系の学生は、「国家緊急時」には、学生である必要がない——学生としては無用である——と判断されたのだろう。それから七十有余年が経過したいま、現政権は、大学における文系学部の削減を方針としてうち出した。かつての文系学生への「徴兵猶予」の停止は、太平洋戦争の敗戦まぢかという「国家緊急時」の措置だったが、今回の文系削減は、いったいどのような判断によるのだろう——よもや現政権にとって、いまが太平洋戦争末期と同様の「国家緊急時」ということはないと思うのだが。

　なるほど文系の学問は、実利的な観点からは「役にたたない」のかもしれない。しかしその「無用」のゆえに、かえって特定の視点からは自由であり、そのために批判的な精神の涵養には欠かすことができない。特定の視点に束縛された——特定のひとびと、階層そして思想などのための——権力からみれば、たしかに批判的な精神は無用かつ有害であり、それを育成する文系学部はあきらかに削減に、さらには否定にあたいするものなのだろう。佐々木八郎のような青年が、そして、あれほどにかれを感動させた宮澤賢治までが、無用として排除されるような社会がちかづいているとは、毛頭考えたくないのだが、軽々しくことばを操り、しかも得意気な政治家が、そしてそれに追従するひとびとが横行しているのをみると、そのような危惧を払拭できないことも否定できない――（まことのことばはここになく／修羅のなみだはつちにふる）（「春と修羅」[5]）。

賢治の詩や童話を直接論じることをせず、そのうえ賢治の人物像や生き方という問題を回避し、ただ「序」という点だけが共通するみっつのみじかい文章について、ひたすらそのことばをたどっただけのこのテクストには、賢治論というにあたいする内容も意義もないが、佐々木八郎がもっていただろう「きれいにすきとほつた風《かぜ》」や「桃《もゝ》いろのうつくしい朝《あさ》の日光《にっくわう》」のような感性を、もはや持ちうべくもないわたくしが、にもかかわらず解釈や読みの恣意性をのがれようとすれば、こうするほかなかったし、いまさかんな賢治研究に背をむけ、『校本全集』のひらく世界だけに言述の場をかぎったのも、そのためといえる――もっともこのこころみが成就したとはいいがたいだろうが。

＊

どこにその場をもつのか不明な、その意味では曖昧をきわめるこのテクストの刊行をひきうけてくれた水声社のかたがたに、ふかくお礼もうしあげたい。

二〇一六年五月三日

浅沼圭司

註

はじめに

（1）「かしはばやしの夜」『注文の多い料理店』『校本全集　第十一巻』、六四頁。
（2）「月夜のでんしんばしら」同、八〇頁。
（3）「鹿踊りのはじまり」同、九七頁。
（4）「月報」『校本全集　第十四巻』。
（5）「夕べの幻想」とでも。「夕べ（たそがれどき）」(der Abend) は、わたくしがいまそのまっただなかにいる「晩年」(der Abend des Lebens) でもある。なおこれは「真空溶媒 (Eine Phantasie im Morgen)」（『春と修羅』『校本全集　第二巻』、三八～五〇頁）のそれに倣った。

I

（1）『心象スケッチ　春と修羅』（大正十一、二年）『校本全集　第二巻』、五～八頁。
（2）「書簡二〇〇、大正十四（一九二五）年二月九日」『校本全集　第十三巻』、二二〇頁。

（3）「農民芸術概論綱要」『校本全集　第十二巻（上）』、九～一六頁。
（4）「書簡二一四a、大正十四（一九二五）年十二月廿日」『宮沢賢治全集　9　書簡』（ちくま文庫版、筑摩書房、一九九五年）、二九八～二九九頁。
（5）ここで述べられていることは、ある意味では「美学」の中心的な問題であり、簡単には説明しがたい。なお『ゼロからの美学』（勁草書房、二〇〇四年）で、これらの問題について、ごく初歩的な説明をおこなってある。
（6）「イメージ」「エイコン」「パンタスマ」などについては、『ゼロからの美学』で簡単に、『〈よそ〉の美学――亡命としての晩年と芸術家のくわだて』（水声社、二〇〇九年）でややくわしく論じてある。
（7）"phantom" ← "*φάντασμα*"(*Webster's New World Dictionary*).
（8）『春と修羅』『校本全集　第二巻』、一五四～一六六頁。
（9）同、一三八頁。
（10）戸籍名は「トシ」だが、賢治は、詩のなかでは「とし子」と表記しているので、以下それにしたがう。
（11）「よそ」については、『〈よそ〉の美学――亡命としての晩年と芸術家のくわだて』を参照のこと。
（12）初版本の目次では、「永訣の朝」「松の針」「無声慟哭」「風林」の日付がとし子の死の当日になっているが、実際に執筆された日付ではないとされているようだ。ただ、書きとどめられた「心象」がそのときに芽生えたことは、たしかだと思う。
（13）初版本の目次の日付によれば、これらの詩は旅行中に書かれたことになるが、さだかではない。ここでは、かりに、心象そのものが胚胎した日付ととっておく。
（14）「年譜」『校本全集　第十四巻』、五六一頁。
（15）『春と修羅』『校本全集　第二巻』、一五六～一五七頁。
（16）同、一七〇頁。

(17) 同、一八三～一八四頁。
(18) 同、一五六頁。
(19) 大塚常樹『宮沢賢治　心象の記号論』(朝文社、一九九九年)、二七〇頁以下。なおドイツ語の教科書は、旧制高校などで使用されていた『ドイツ語読本』(大村仁太郎他篇、独逸学協会出版部、一八九七年)だという(同書)。
(20) 「年譜」『校本全集　第十四巻』、五六二頁。
(21) 『春と修羅』『校本全集　第二巻』、一八六～一八七頁。
(22) 同、五六～八七頁。
(23) 同、二〇頁。
(24) プロティノス(Plotinos, 204-269)の思想については、『ゼロからの美学』にごく簡単な説明がある。七一～七三頁。
(25) 修羅(阿修羅)。仏教でいう六道――地獄、餓鬼、畜生(三悪道)、修羅、人間、天――のうち、修羅道に住む、中間的な存在。
(26) 「仏語。迷いと悟りの両界を十に分けたもの。迷界での地獄界・餓鬼界・畜生界・修羅界・人間界・天上界と、悟界における声聞界・縁覚界・菩薩界・仏界の称」(『日本国語大辞典　第二版』)。
(27) 『校本全集　第二巻』、三九四～三九六頁。
(28) N・ハルトマンの美学思想については、『ゼロからの美学』でごく簡単に紹介してある。一五七～一六一頁。
(29) 「書簡二〇〇」(前出)。
(30) 「エクリチュール」と「パロール」は、二十世紀末のフランス思想において、さまざまな意味でもちいられたことばだが、ここではごく一般的な意味でもちいている。なお美学的な脈絡におけるこれらの語については、かなりまえの著書だが、『象徴と記号——芸術の近代と現代』（勁草書房、一九八二年）で、いくぶんくわしく論じている。

（31）「バッソ・オスティナート」（basso ostinato）——楽曲の低音部において、くりかえし反復される音型、「執拗低音」とも。

（32）『春と修羅』『校本全集　第二巻』、一三七〜一三八頁。

（33）同、一八二頁。

（34）同、一八三〜一八四頁。

（35）「校異」『校本全集　第二巻』、二六四頁。

（36）『春と修羅』同、一〇〇頁。

（37）「意味するもの《シニフィアン》」（le signifiant）は、ことばの場合であれば語音を、文字の場合であれば字形などをさし、「意味されるもの《シニフィエ》」（le signifié）とは、それと慣習的に結びついている概念をさす。ある言語を母語とするひとびとは、生まれたときからこの慣習のなかで生きているために、「意味するもの」からただちに「意味されるもの」を認識する——「意味するもの」をそのものとしては認識しない——と考えられている。これが前者の後者にたいする透明である。

（38）このくだりはロラン・バルト（Roland Barthes, 1915-1980）の著作、とくに『テクストの悦び』（*Le plaisir du texte*, Éditions du Seuil, Paris, 1973）を参照している。なおバルトの理論については、『ロラン・バルトの味わい　交響するバルトとニーチェの歌』（水声社、二〇一〇年）を参照のこと。

（39）『春と修羅』『校本全集　第二巻』、五一頁。

（40）同、一〇五頁。

（41）オスティナート（ostinato）——一定の音型を何度も反復すること、"ostinato"（イタリア語）には「執拗な」という意味がある。

（42）　「シニフィアンス」（la signifiance）――cf.Julia Kristeva: *Σημειωτικη Recherches pour une sémanalyse,* Éditions du Seuil, Paris, 1969. p.9 et alt.

（43）　『春と修羅　第二集』（七三、一九二四、四、二〇、）『校本全集　第三巻』、四六頁。

（44）　古代ギリシヤのシンボルのひとつ、自分の尾をくわえる蛇。無限、循環、消滅などを意味するとされている。

（45）　詩（芸術作品）のこのような性質については、『〈よそ〉の美学』「I　〈よそ〉についてあるいは定家再読　Rondo capricioso un poco estetico」でいくぶん詳細に述べてある。

（46）　「共感覚」（synesthesia）――ある感覚への刺激が、同時に、それとはべつの感覚の反応をひきおこすこと。例としてランボー（Jean Arthur Rimbaud, 1854-1891）の『母音』（*Voyelles*）という詩がひかれることが多い。A, noir, E, blanc, I, rouge, U, vert, O, bleu: voyelles.「A、黒、E、白、I、赤、U、緑、O、青、これが母音」。なお『ゼロからの美学』に簡単な説明がある。六四〜六五頁。

（47）　『春と修羅』『校本全集　第二巻』、二〇六〜二〇七頁。

（48）　『春と修羅　第二集』（一五八、一九二四、七、一五）『校本全集　第三巻』、一〇〇〜一〇一頁。

（49）　バルトのいう「高慢」については、『ロラン・バルトの味わい』三七頁以下参照。

（50）　「ユートピア」（Utopia）――ギリシア語 "oὐ [ou]"（"no"）と "τόπος [topos]"（"place"）から、トーマス・モア（Thomasu More, 1478-1535）がつくったとされる語。

（51）　cf. http:/hiroshima-u.ac.jp/er/ES.KK.html

（52）　たとえば群馬県神流町（旧中里村）で発見され、一九八五年に恐竜の足跡と認定されたものなど。

（53）　岩波茂雄宛書簡（前出）。

（54）　cf. André Lalande: *Vocabulaire technique et critique de la philosophie*, Presses Universitaires de France, Paris, 1968.

(55) 森佐一宛書簡「書簡二〇〇」（前出）。

(56) *Glenn Gould in conversation with Tim Page*, Piano Quarterly, Fall 1981, *The Glenn Gould Reader*, Edited and with an introduction by Tim Page, Alfred A. Knopf, Inc., Paperbck Edition, Vintage Books, a division of Random House, Inc., 1990. p.456.

(57) 『春と修羅』『校本全集　第二巻』、一六二頁。

(58) このことについては『〈よそ〉の美学』「動機［6］――The North／『晩年』」の項参照。

(59) 『春と修羅　第三集』（七四〇、一九二六、二三、）『校本全集　第四巻』、二九頁。

(60) 『春と修羅　第二集』『校本全集　第三巻』、二〇五～二〇六頁。

(61) 「年譜」『校本全集　第十四巻』、五八〇頁。

(62) 「年譜」同、五八二頁。

II

(1) 『春と修羅　第二集』『校本全集　第三巻　詩II』、七～九頁。

(2) 「校異」同、二六〇頁。

(3) 同、二五四～二六〇頁参照。

(4) 「年譜」『校本全集　第十四巻』による。

(5) 『宮沢賢治全集　9　書簡』（ちくま文庫版、筑摩書房、一九九五年）、二九八～二九九頁。

(6) 「春と修羅」『春と修羅』『校本全集　第二巻』、二〇頁。

(7) 『校本全集　第九巻』、二七二～二八四頁。

(8) 『校本全集　第十巻』、六九～一二二頁。

(9) 『新潮国語辞典　第二版』による。

(10)『春と修羅』『校本全集　第二巻』、一二四頁。
(11) 気象庁ホームページ（http://www.data.jma.go.jp）による。
(12)「年譜」『校本全集　第十四巻』、五五〇頁。
(13)「東岩手火山」。
(14)「[『注文の多い料理店』が] 売れなくて出版社が困っていたので、父から三〇〇円借りて二〇〇部買い入れた」「年譜」一九二四年、十二月一日の項。『校本全集　第十四巻』、五七二頁。
(15) 前出。『宮澤賢治全集　9　書簡』による。
(16) 森佐一宛書簡「書簡二〇〇、一九二五、二、十二」。『校本全集　第十三巻』、二二〇頁。
(17)「文学的制度」については、『読書について』（水声社、一九九六年）を参照のこと。
(18)「校異」『校本全集　第三巻』、二五四〜二六〇頁。
(19) 森佐一宛「書簡二〇〇」（前出）。
(20)「年譜」『校本全集　第十四巻』、五九三頁以下参照。
(21)「年譜」同、七〇九頁。
(22)『校本全集　第十二巻（上）』、九〜一〇頁。
(23)「農民芸術の興隆」同、一九頁。
(24)「語まことの表情あれば散文をなし　節奏あれば詩歌となる」「農民芸術概論綱要」同、一一頁。
(25) 同、一三〜一四頁。
(26)「年譜」によれば、「農民芸術概論綱要」が書かれたのは、一九二六年六月ごろである。
(27)「ツェねずみ」『校本全集　第七巻』、一六〇〜一六六頁。「鳥箱先生とフゥねずみ」同、一六七〜一七二頁。「クンねずみ」同、一七三〜一八一頁。「セロ弾きのゴーシュ」『校本全集　第十巻』、二一九〜二三四頁。
(28)「雨ニモマケズ手帳」『校本全集　第十二巻（上）』、四六頁。

(29)「グスコーブドリの伝記」『校本全集　第十一巻』、一九九～二二九頁。

(30)「飢餓陣営」同、三二五～三四〇頁。

(31)「測候所」『春と修羅　第二集』（一九二四、四、六）『校本全集　第三巻』、三三二頁。

(32)「年譜」『校本全集　第十四巻』参照。なお引用文は賢治が相談にいった盛岡測候所の福井規矩三のことばである。同、六二〇頁。

(33)『校本全集　第三巻』、二六〇頁。

(34)「意味するもの《シニフィアン》」(le signifiant)「意味されるもの《シニフィエ》」(le signifié) という語は、いまごく一般的なものになっており、とくに説明をくわえる必要なないだろう。「書かれたもの《エクリチュール》」(l'écriture) はさまざまな意味で用いられているが、ここでは、ごく単純に、書かれた文字そのもののつらなりととらえておく。

(35)『新潮国語辞典　第二版』参照。

(36)"ambiguous" の語源は、ラテン語の "ambiguus"――動詞 "ambigere" ("to wander") からの派生語――とされている。"ambigere"="ambi" (about, around) +"agere" (to do). cf. *Webster's New World Dictionary*, Third College Edition.

(37)この問題については、『ゼロからの美学』「II－3　感性的言語活動」で、ややくわしく述べてある。

(38)たとえばエンプソン（William Empson, 1906-1984）の『曖昧の七つの型』(*Seven Types of Ambiguity*, 1930）など。

(39)「春」『春と修羅　第三集』（七〇九、一九二六、五、二）『校本全集　第四巻　詩　III』、八頁。

(40)「校異」同、三三一～三三二頁。

(41)「年譜」（一九二六年十二月一日）『校本全集　第十四巻』、六〇〇頁。

(42)「年譜・註」同、六〇八～六〇九頁。

(43)「春と修羅　詩稿補遺」『校本全集　第四巻』、二三〇頁。

（44）「ポラーノの広場」『校本全集　第十巻』、六九〜一二二頁。
（45）同、一二一〜一二二頁。
（46）杉浦静「〈資料紹介〉『リップス『美学大系』（書き入れ本）」「宮沢賢治研究 Annual vol.9」、宮沢賢治学会イーハトーブセンター、一九九九年。
（47）cf. http://ci.nii.ac.jp/ucid/BA31462966
（48）『校本全集　第十二巻（上）』、九〜二〇頁。
（49）マリア・フロム、川端康雄訳『宮沢賢治の理想』（晶文社、一九八四年）参照。
（50）「校異」『春と修羅　第二集』『校本全集　第三巻』、三一三頁。
（51）「グスコーブドリの伝記」『校本全集　第十一巻』、二二八頁

Ⅲ

（1）『注文の多い料理店』『校本全集　第十一巻』、七頁。
（2）同、三七頁。
（3）同、八七、八九頁。
（4）「ぼろぼろ」あるいは「ぼろ」については、「Ⅱ『春と修羅　第二集・序』」一一九頁以下を参照のこと。
（5）「ふさわしさ」「効用性」あるいは「機能」と「美」（うつくしさ）との関係については、『ゼロからの美学』の「2－2　機能美あるいは美の合目的性」で簡単に述べてある。
（6）『注文の多い料理店』（前出）、八七、九八頁。
（7）以上の引用はすべて『日本古典文学大系本』（岩波書店）にもとづいている。
（8）伝承物語については、『物語とはなにか　鶴屋南北と藤沢周平の主題によるカプリッチオ』（水声社、二〇〇七年）や『読書について』（水声社、一九九六年）などでややくわしく述べてある。

（9）「花いちもんめ」や「かごめかごめ」あるいは「ずいずいずっころばし」などのような、ふたり以上のこどもによるあそび。
（10）引用は『日本古典文学大系　73』（岩波書店、一九六六年）による。
（11）「蜘蛛となめくじと狸　一　赤い手長の蜘蛛」『校本全集　第七巻』、五～一〇頁。
（12）「月夜のでんしんばしら」『注文の多い料理店』『校本全集　第十一巻』、七九～八六頁。
（13）「水仙月の四日」同、四九頁。
（14）森佐一宛書簡「書簡二〇〇、大正十四（一九二五）年二月九日」『校本全集　第十三巻』、二二〇頁。
（15）『校本全集　第十二巻（上）』一三頁。
（16）同、一〇頁。
（17）このことについては「Ⅱ『春と修羅　第二集』「序」を参照のこと。
（18）「農民芸術概論綱要」（前出）、一〇～一一頁。
（19）「高踏派」については『ゼロからの美学』（前出）二三九頁に簡単に述べてある。
（20）「農民芸術概論綱要」（前出）、一一頁。
（21）同。
（22）同、一四頁。
（23）『法華経』「常不軽菩薩品第二十」、『法華経　下』（坂本幸男、岩本裕訳注、岩波文庫、岩波書店、一九七六年）。一二八頁以下参照。
（24）「農民芸術概論綱要」（前出）、一二頁。
（25）「仏菩薩が、一切の衆生の苦しみを救おうと願って、かならずこれを成しとげようと誓うこと。」（『日本国語大辞典』）。たとえば『法華経』「方便品」には、つぎのようにある――「諸仏の本《もと》の誓願《せいがん》は／わが行《ぎょう》ぜし所の仏道を／普《あまね》く衆生《しゅじょう》をして／亦、同じくこの道を得せしめんと欲するなり。」『法華経　上』（前出）、一一八頁。
(26) 保坂嘉内宛書簡「書簡一九六、大正十（一九二一）年［七月下旬］」『校本全集　第十三巻』、二一七頁。
(27) 『校本全集　第十二巻（上）』、四六頁。
(28) 高知尾智耀（一八八三（明治一六）年〜一九七六（昭和五一）年）、国柱会理事。「年譜」によれば、賢治は一九二一（大正一〇）年、国柱会におもむき、高知尾にはじめて会い、その後もなんどか会っている。『校本全集　第十四巻』、五三四〜五三六頁。
(29) 『校本全集　第十二巻（上）』、七二頁。
(30) 「妙法蓮華経従地湧出品」『法華経　中』（前出）、二八四〜二八六頁。
(31) 仏陀の三十二相のひとつ、眉間にある白い巻毛。
(32) サンスクリット原典の口語訳では「下はアヴィーチ（無限）大地獄から、上は宇宙の頂に至るまで」となっている。『法華経　上』（前出）、一九頁。
(33) 「妙法蓮華経序品第一」、同、一八、二〇頁。
(34) 「妙法蓮華経譬喩品第三」、同、一三四〜二二一頁。
(35) 同、一五八頁。
(36) この問題は、ヘーゲルの『美学講義』（*Vorlesungen über die Ästhetik*, 1817-1829）の第一部などでくわしく述べられている。『美学　第一巻（中）』（「ヘーゲル全集　18ｂ」竹内敏雄訳、岩波書店、一九六〇年）、二一九〜三一七頁参照。
(37) 「書簡一九五、大正十（一九二一）年」『校本全集　第十三巻』、二一五頁。
(38) 「農民芸術概論綱要」『校本全集　第十二巻（上）』、一〇頁。
(39) 『校本全集　第十一巻』、三八八頁。
(40) *The Crescent Moon*, Macmillan Company, New York, 1913. cf.http://www.archive.org/details/crescentmoon/

(41) 小説の読者については『読書について』に、ややくわしく述べてある。
(42) 菅野博史『法華経入門』(岩波書店、二〇〇一年)、二二頁。
(43) 『法華経　下』(前出)、一三二～一三六頁。
(44) 『校本全集　第十二巻』、六七頁。

おわりに

(1) 『新版　きけ　わだつみのこえ　日本戦没学生の手記　日本戦没学生記念会篇』(岩波文庫、一九九五年)、二〇四～二〇五頁。なお「鳥の北斗七星」の引用は『きけ　わだつみのこえ』により、『校本全集』のそれとは、仮名づかいなどの点でことなっている。『きけ　わだつみのこえ』については、『昭和あるいは戯れるイメージ――「あおい山脈」と「きけ　わだつみのこえ」』(水声社、二〇一二年)でややくわしく述べてある。
(2) 『きけ　わだつみのこえ』(前出)、一九四～一九五頁。なお引用は「農民芸術概論綱要」からのものであるが、『校本全集』のそれとはいくぶんことなっている。
(3) 「農民芸術概論綱要」『校本全集　第十二巻（上)』、九頁。
(4) 参照「中野文庫」cf. http://geocities.jp/nakanolib/
(5) 『校本全集　第二巻』、二二頁。

著者について――

浅沼圭司（あさぬまけいじ）　一九三〇年、岩手県に生まれる。東京大学大学院修士課程修了。成城大学名誉教授。専攻、美学、映画理論。主な著書には、『映画学』（紀伊国屋書店、一九六五年）、『映ろひと戯れ』（小沢書店、一九七六年。水声社、二〇〇〇年）、『不在の光景』（行人社、一九八三年）、『映画のためにⅠ／Ⅱ』（水声社、一九八六／九〇年）、『ゼロからの美学』（勁草書房、二〇〇四年）、『映画における「語り」について』（二〇〇五年）、『物語とはなにか』（二〇〇七年）、『〈よそ〉の美学』（二〇〇九年）、『昭和あるいは戯れるイメージ』（二〇一二年、いずれも水声社）などがある。

装幀——宗利淳一

宮澤賢治の「序」を読む

二〇一六年八月三〇日第一版第一刷印刷　二〇一六年九月一〇日第一版第一刷発行

著者――浅沼圭司

発行者――鈴木宏

発行所――株式会社水声社
東京都文京区小石川二―一〇―一　いろは館内　郵便番号一一二―〇〇〇二
電話〇三―三八一八―六〇四〇　FAX〇三―三八一八―二四三七
郵便振替〇〇一八〇―四―六五四一〇〇
URL : http://www.suiseisha.net

印刷・製本――ディグ

ISBN978-4-8010-0170-1